COLLECTION
FOLIO CLASSIQUE

Stefan Zweig

Nouvelle du jeu d'échecs

Traduction de Bernard Lortholary

Édition présentée et annotée par Jean-Pierre Lefebvre

Gallimard

Édition dérivée de la Bibliothèque de la Pléiade.

PRÉFACE

La dernière nouvelle écrite par Stefan Zweig est à la lettre celle de ses derniers instants : la dernière qu'il ait relue, et dont il savait qu'il ne verrait jamais la version imprimée. La dernière qu'il envoie à ses lecteurs. Celle du bout du monde, de la dernière limite, des dernières forces. Le 21 février 1942, il en posta trois exemplaires : l'un à son éditeur américain, Ben Huebsch, l'autre à son éditeur allemand exilé à Stockholm, Gottfried Bermann-Fischer, le troisième à son traducteur argentin et ami, Alfredo Cahn.

Le lendemain soir, il mourrait avec son épouse, Lotte Altmann, librement, comme dit la langue allemande, après que l'un et l'autre eurent absorbé une dose létale de barbital (Véronal est le nom commercial donné en 1903 à cette molécule par les laboratoires Merck), emportant dans un silence définitif la substance et la forme de ses dernières pensées. Quelques mots dans les dernières lignes de cette histoire, prononcés par le champion du monde Czentovic, après la bévue de son adversaire, commentaient déjà cette fin de partie : « Dommage, dit-il, magnanime, l'attaque n'était pas mal conçue du tout. Pour un amateur, ce monsieur a en réalité un don peu banal. »

Tel avait été Zweig toute sa vie : après des débuts brillants dans le monde d'hier et une réussite continue que beaucoup lui envièrent, il fut un écrivain particulièrement doué et imaginatif, abattu finalement par les mortels principes de réalité dont le début du XXe siècle avait accablé l'Europe, puis la planète entière.

Cette proximité de la dernière œuvre de fiction et de la mort volontaire a donné à la nouvelle une importance qui ne doit pas masquer ses qualités propres. Dès les premières parutions, à Buenos Aires en 1942, Stockholm en 1943 et New York en 1944, le succès fut considérable et, depuis, il ne s'est pas démenti. Dans les librairies, les théâtres, les cinémas du monde entier, la partie ne s'est jamais finie, invitant plus que toute autre à l'analyse, au dialogue posthume entre les vivants et le mort, autour de la question : comment ce fantôme toujours présent a-t-il conçu les derniers coups du grand jeu que fut son existence ? Subsumée sous l'autre question, et en postulant la réponse : la réussite commerciale signale-t-elle la qualité d'un ouvrage ? Ou sous d'autres interrogations encore : pourquoi n'est-il plus question, dans cette dernière nouvelle, de sentiments amoureux ? pourquoi si peu de femmes, si peu d'aspects sexuels, si peu de nature dans cette ultime production imaginaire ?

Il ne semble pas que Zweig ait connu la comparaison que Freud établit, s'agissant du début et de la fin de la cure analytique, avec le timing du jeu d'échecs[1]*. En revanche, il avait pu prendre connaissance de la version française du roman de Nabokov* La Défense Loujine, *parue en 1934 chez Fayard. Peut-être avait-il entendu parler de la passion de Lewis Carroll pour ce jeu, ou se souvenait-il de séquences de jeu mises en scène par Lessing (dans* Nathan le Sage*) ou Diderot (dans* Le Neveu de Rameau*). Il avait des échecs la culture commune. Le plus probable est cependant qu'il se trouvait dans un état d'isolement l'assignant à des ressources limitées.* La Nouvelle du jeu d'échecs *n'a donc pas fait l'objet d'une quinzième miniature historique dont Zweig aurait trouvé la matière dans la grande chronique universelle où sont archivées depuis la nuit des temps les parties célèbres de « bois poussé », les exploits de toute nature des grands joueurs (du type « Le jour où Kasparov fut battu par un inconnu » ou le dessin d'Emma Lowenstamm représentant Hitler jouant aux échecs à Vienne en 1909 contre un homme qui pourrait être Lénine). Comme le titre l'indique sobrement : il s'agit d'une nouvelle.*

La mort est dans le jeu

Les seules nouvelles de Zweig auxquelles on peut la comparer pour ce qui est de la substance, des thèmes et des motifs, sont celles qu'il avait consacrées aux manies voisines de sa propre addiction : La Collection invisible *et* Buchmendel, *elles aussi liées à la conjoncture historique (la Première Guerre*

1. Voir Sigmund Freud, *Zur Einleitung der Behandlung* [Le début du traitement] (1913), Gesammelte Werke, vol. VIII, Londres, Imago, p. 454.

mondiale et l'inflation). Mais celles-ci ne mettent pas en scène, comme la dernière de toutes, le défi et l'affrontement des hommes dans l'ombre, si l'on peut dire, du feu du ciel théologico-politique. Si le mot « Schach *», repris du persan, a quelque chose de menaçant chaque fois qu'il est prononcé en allemand par un joueur, il désigne en fait le roi, qu'il s'agit de mettre à mort en prononçant l'autre mot persan «* mat *» (qui signifie « mort »).*

L'addiction aux échecs, mais aussi plus généralement le simple rapport d'intérêt pour ce jeu, sont liés à des pulsions agressives profondes que Freud n'aurait sans doute pas classées à côté de la pulsion d'acquisition et de rétention d'objets de valeur, mais apparentées à la violence guerrière déchaînée. Quand Zweig commence à écrire sa nouvelle, à l'automne 1941, les troupes nazies sèment la mort en URSS, et la chasse aux Juifs a commencé depuis longtemps. Quand il l'envoie aux éditeurs, Singapour est tombée, des millions d'êtres humains sont dans la ligne de mire de pièces d'artillerie, quand on ne les pousse pas vivants dans des fosses qu'ils ont dû eux-mêmes creuser. La mort est dans le jeu, et la Faucheuse ne cherche pas que le roi.

Dans le même temps, ce jeu abstrait, sinon transcendantal, qui se décrit avec des coordonnées chiffrées selon les axes d'un modeste quadrilatère où glissent les simulacres de deux armées, sert aussi à distraire des soucis du monde. Si les joueurs passionnés souffrent d'une addiction, elle n'a d'autres fétiches pour objet que les pièces du récit intérieur victorieux que se raconte chacun des deux joueurs pour conjurer son angoisse. L'extériorité est réduite à rien et, même jetées à la tête de l'adversaire, les pièces ne causent que des dommages psychiques, principalement pour le lanceur... Le sujet replié dans le silence et la solitude sait qu'il est surtout menacé par lui-même.

En donnant à la nouvelle Schachnovelle *le titre français* Le Joueur d'échecs, *sa première traductrice, Jacqueline Des Gouttes, en a donc infléchi l'interprétation dans une direction traditionnelle qui ne correspond peut-être pas vraiment à la nouveauté que l'œuvre apporte. Le titre allemand convoque le jeu en tant que jeu, et les différents protagonistes de la nouvelle sont situés, selon une typologie différentielle et fortement contrastée, par rapport à ce jeu, y compris la très discrète épouse du narrateur, qui joue avec son mari pour se distraire et passer le temps pendant le long voyage maritime qui va de New York à Buenos Aires, mais aussi pour attirer l'attention des autres protagonistes du côté de ce jeu. Le premier titre français s'explique sans doute par la nécessité de mettre à l'écart la notion d'échec, antonyme de celle de réussite, mais aussi par une référence implicite à l'économie « subjective » des nouvelles antérieures. Le ou les joueurs ont dès lors le même statut que la femme de* Vingt-quatre heures, *que l'inconnue de la* Lettre.

Or Zweig avait conscience de la singularité de cette œuvre, dont rien ne permettait de prévoir au départ qu'elle serait la dernière. Le 15 janvier 1942, quelques mois après l'avoir commencée, quelques semaines avant de mourir, il confiait à son ami Hermann Kesten : « J'ai écrit une nouvelle de mon format malaisé favori, trop longue pour un journal et un magazine, trop courte pour un livre, trop abstraite pour le grand public, trop marginale par son sujet[1]. » *Mais ce regard critique, tardif et dépressif sur son œuvre ne correspond pas à ce qu'il en pensait profondément. Dès 1938, il avait annoncé à Joseph Roth son intention d'écrire une « nouvelle symbolique » et à Friderike, sa première épouse, il avait évoqué en septembre 1941 « une petite nouvelle un peu à part ». Zweig, qui l'a rédigée entre la mi-septembre 1941 et février 1942 mais n'en a pas connu la publication, misait sur son originalité. D'autres correspondants (notamment Richard Friedenthal et Berthold Viertel) étaient informés de ce projet, de son étrangeté et de son ambition philosophique. Zweig percevait à coup sûr que cette nouvelle n'était pas comme les précédentes, mais il n'est pas certain qu'il l'ait voulu.*

Intuition et représentation

D'un ensemble de personnages présents sur le paquebot qui relie New York à Buenos Aires, le long d'un méridien qui passe, en 1939, de l'automne nord-américain au printemps de l'hémisphère Sud, la nouvelle fait surgir deux joueurs qui se distinguent de la masse des nombreux joueurs possibles sur les nombreux échiquiers du bord : un champion reconnu, puis un amateur anonyme, qui vont s'affronter, après que leurs profils auront été décrits comme quasi antagoniques dans deux approches biographiques hypertrophiées. En termes

1. Stefan Zweig, *Correspondance 1932-1942*, trad. Laure Bernardi, Grasset, 2008, p. 423-424.

purement échiquéens, leur affrontement va s'achever sur une sorte de match nul et un abandon. Si l'amateur anonyme crée la surprise en mettant en échec le jeune champion du monde de 1939[1]*, s'attirant ainsi l'admiration et la sympathie des passagers spectateurs des parties, cette surprise est de courte durée : dans les dernières pages, le champion reprend la main... et, pour l'auteur de la nouvelle, ce retour à la norme pourrait être aussi important que l'exploit insolite, l'essentiel étant à ses yeux le face à face éphémère de deux histoires extraordinaires, de deux cultures sociales issues de la même région historique, mais aussi de deux types de fonctionnement psychique qui y sont traditionnellement associés.*

Le champion en titre, Mirko Czentovic, est d'origine modeste, c'est un grand tacticien mais un professionnel besogneux, dont la seule faiblesse est liée, comme sa force spécifique, aux conditions dans lesquelles il a appris les échecs : en regardant *d'autres personnes jouer. Il a besoin de ce que les philosophes appellent l'*intuition*, au sens de l'allemand* Anschauung*, et Zweig met ce trait en rapport avec son origine et sa complexion rurales. C'est un joueur « réflexe », qui déstabilise cependant son adversaire en jouant les coups très lentement (son intuition n'est pas « immédiate »). Il réagit à ce qu'il voit et voit bien, et a enregistré tout ce qu'il a vu depuis l'enfance sur l'échiquier : il n'invente rien et n'anti-*

1. Le champion du monde de l'époque, depuis 1937, était le Français d'origine russe Alexander Alekhine, qui le resta jusqu'à sa mort en 1946.

cipe que peu de coups. C'est un professionnel, incapable d'aventure.

Le challenger, quant à lui, n'est pas un professionnel de l'échiquier mais un amateur, et de surcroît un homme qui n'a pu s'entraîner qu'en pensée, en imaginant des parties sans pouvoir les jouer réellement, quand il était en isolement dans une pièce vidée de tout objet à contempler. Il est dans ce que les philosophes appellent la « représentation », Vorstellung, *il n'a pas besoin de voir l'échiquier pour jouer ; celui-ci peut même le gêner, et l'erreur qu'il commet lors de la dernière partie peut s'expliquer dans le cadre de cette typologie sommaire : il ne voit pas que le roi de son adversaire est protégé, il a mal regardé, sans doute pressé par un processus représentatif, un écran mental qui a pris le dessus sur la perception immédiate.*

Ces deux concepts, intuition et représentation, ainsi que leur contradiction structurent quasi philosophiquement une nouvelle qui ne laisse pas cependant d'être concrète. Celle-ci se joue certes, comme les parties, à bord d'un paquebot, quelque part sur l'océan Atlantique, hors du temps et de l'espace ordinaires, mais son horizon est clairement historique, politique, continental ou, si l'on veut, réel. Sur ce bateau naviguent deux citoyens de la jeune République autrichienne qui vient d'être annexée, un peu plus d'un an auparavant, au IIIe Reich : le narrateur et le challenger éphémère. Il se pourrait que le champion du monde soit devenu hongrois ou yougoslave à la suite du grand redécoupage de l'Europe après 1918. Mais, comme les deux précédents, il est né sujet de la double monarchie austro-hongroise. Une équipe de personnages secondaires va s'employer à les mettre en rapport. Le narrateur est un passager du transatlantique, un émigrant autrichien parti en Argentine via *New York, qu'on peut imaginer sous les traits de l'auteur, le seul Juif sans doute de toute cette nouvelle, lui aussi lourd d'une expérience historique.*

Un champion paradoxal

Le lecteur découvre d'abord, au moment où il embarque sur un grand et solide navire moderne, le champion d'échecs en titre, Mirko Czentovic, vingt et un ans, fils d'un batelier du Danube mort noyé dans le naufrage de son frêle esquif : ces détails signalent d'emblée une métamorphose. L'orphelin pauvre, né sans doute peu avant la défaite de 1918 et la disparition de la double monarchie austro-hongroise, est devenu l'un des plus grands joueurs de la planète grâce aux interventions du curé catholique qui l'a élevé dans un village reculé de l'ex-Autriche-Hongrie, vraisemblablement situé aux confins de la Slavonie[1] *d'alors (soit dans l'est de l'actuelle Croatie, à proximité de la frontière hongroise*[2]*), puis envoyé*

1. La Slavonie doit son nom au fait que l'Empire romain en avait fait le territoire où il puisait ses esclaves. Zweig insiste sur le comportement servile du jeune Mirko.

2. Zweig ne prononce pas le mot « Yougoslavie », mais à deux reprises l'expression « slave du Sud » (qui se dit en serbo-croate « yougo-slave »). Comme le curé du village est catholique, il est probable que ce village se situe dans la zone croate (le royaume de Serbie ne faisait pas partie de la monarchie austro-hongroise). Plus loin, l'ami du narrateur donne à la zone concernée le nom de Banat, qui peut désigner un territoire balkanique

parfaire son art à Vienne, où les experts l'ont pris en main, formé et lancé dans la carrière de champion. Zweig puise, pour composer son personnage, longuement présenté, dans diverses biographies de joueurs célèbres de son temps. Comme la plupart d'entre eux, Czentovic est un Slave, mais Zweig insiste sur des traits de sa personnalité qui ressortissent plutôt au moujik inculte, dépourvu de finesse et de curiosité, qu'à un personnage de Tchekhov. L'insistance de l'auteur à en faire une brute blonde qui n'aurait jamais réussi le certificat d'études dans la France de la IIIe République est assez surprenante, comme s'il voulait enraciner dans une physionomie adéquate, au bord du racisme ordinaire, l'absence d'imagination et d'émotivité manifestée par le personnage, son air de robot redoutable, qui s'accommode mal de la métaphore ovine employée ailleurs à son sujet. Son nom même (qu'il faut prononcer « Tchentovits » ou « Tchentovitch ») semble composé pour parfaire ce portrait, avec ses trois dentales dures. Un affect, cependant, est mentionné par Zweig, susceptible de lever la contradiction, et il faut en mesurer l'importance : il a en commun avec de nombreux esprits forts, imaginatifs, subtils et infusés de culture le désir de richesse — il est cupide et vénal. Occasion pour le lecteur de se dire que, contrairement à ce que suggèrent certaines lectures, il ne représente pas le nazisme, présent ici sous

---

très large, longeant la Save et le Danube, mais qu'on donnait aussi spécifiquement, du temps de l'Autriche-Hongrie, à la Croatie (ainsi dans le Nouveau Larousse illustré, édition de 1912).

*d'autres espèces, mais un certain type d'humanité dont le nazisme et les différents fascismes du XX*e *siècle ont pu et su faire usage. S'il a emprunté un ascenseur social, ce n'est pas en adhérant à un groupe d'activistes reconverti en mafia politique pratiquant la terreur, mais en excellant comme par miracle à un noble jeu de société, synonyme d'intelligence, voire d'intellectualité.*

À certains égards, ce profil paradoxal est plus étonnant que celui de son challenger, dont la compétence acquise au jeu d'échecs, y compris dans des conditions qu'on peut dire héroïques, n'est pas contradictoire avec son statut social et sa formation intellectuelle. On peut se demander ce que la nouvelle serait devenue si Zweig avait puisé, pour concevoir le portrait du champion du monde, dans la liste des champions du monde réels. Il est assez probable que la partie aurait été plus difficile à organiser, dès lors notamment que le moteur financier des opérations aurait été moins prompt à réagir aux sollicitations et manœuvres d'approche. L'idiosyncrasie de Czentovic est principalement motivée par les nécessités de la dramatisation propre à la nouvelle : elle permet la mise en place rapide et contrastée du personnage principal. Pour le reste, dès lors que l'attention avait basculé du côté du docteur B. et de son histoire extraordinaire, un champion du monde plus banal acceptant de jouer les parties aurait fait l'affaire, avec quelques variantes d'importance mineure dans les réactions et le comportement.

En revanche, une telle hypothèse aurait fait disparaître un motif historique qui joue un certain rôle dans l'économie générale de la nouvelle. Czentovic fait indirectement exister sur le pont de ce navire l'histoire de l'explosion de la double monarchie austro-hongroise et des débuts de la République autrichienne, figurant ainsi un lien entre 1918 et 1939 ou, si l'on veut, entre la Première et la Seconde guerre mondiale, que Zweig s'efforce d'exposer de manière plus historique dans Le Monde d'hier. *Mais ce motif n'est pas vraiment articulé sur la fable de la nouvelle.*

Czentovic est bien seul dans tout l'épisode. Mais cette solitude ne l'affaiblit pas, bien au contraire. Il est seul sur un mode quasi psychotique, ce qui n'est pas rare dans le monde des échecs. Mais il a une sorte de double agissant, sur un mode plus caractériel, en la personne de McConnor, l'homme d'affaires écossais qui lui ressemble par la vanité et le rapport à l'argent. Celui-ci est impulsif, impatient, colérique. Bref, il a tous les défauts, à ceci près, que sans ses désirs et sa ressource financière, il ne se serait rien passé. Peu à peu, il disparaît du premier plan. Mais un trait de sa psychologie l'installe dans le réseau général et l'apparente à Czentovic : ce self-made-man massif n'aime pas perdre. Mais, en réalité, ce conquérant est manipulé par le narrateur, qui ne nous dit jamais son âge, et se contente de le suggérer indirectement pour ceux qui connaissent l'histoire californienne : les forages qui l'ont enrichi doivent dater du début du XXe siècle car, en 1939, le pétrole californien a depuis plus de dix ans beaucoup perdu de sa superbe : autrement dit, il a une bonne soixantaine d'années et, malgré les apparences, il est sur le déclin.

Monde d'aujourd'hui et monde d'hier

Le challenger, ce docteur B. qui se fait connaître en détournant vers le nul la partie extorquée à Czentovic par les passagers, au terme d'une intervention engagée comme fortuitement dans une partie dont le champion se préparait à ne faire qu'une bouchée, est un avocat autrichien, plus que quadragénaire, les cheveux déjà blanchis par les épreuves, d'ascendance aristocratique et de mœurs discrètes, lié aux milieux catholiques. Il est socialement et culturellement proche de Zweig, et ses affinités particulières avec le narrateur reposent sur cette communauté. Contrairement à Czentovic, produit de l'après-guerre, il a été éduqué dans l'Autriche d'autrefois. Il descend d'une famille de l'ancienne Autriche, c'est un proche du parti clérical et de la Maison des Habsbourg. Il n'est pas un joueur d'échecs professionnel, mais ce que l'allemand désigne d'un faux ami emprunté au français, ein Dilettant, *un amateur. Mais un amateur dont les prestations professionnelles ont quelque parenté avec la pratique « agonale » des échecs. L'avocat est un professionnel du conflit, des rapports de force et de l'examen des données. Il doit cependant son exceptionnelle compétence et ses performances étonnantes au fait que pendant de longs mois, séquestré par la Gestapo au moment de l'Anschluss, en mars 1938, mis au secret dans l'espoir qu'il finirait par révéler la destination d'un certain nombre de biens des Églises allemandes mis opportunément à l'abri par ses soins, il n'a pas eu d'autre lecture qu'un manuel de jeu d'échecs dérobé (le mercredi 27 juillet 1938) et dissimulé à ses geôliers. Il a ainsi développé une phénoménale puissance de représentation mentale, et donc d'anticipation, sans même avoir besoin de voir l'échiquier, et même plutôt en évitant de le regarder : il finit même par ne plus se servir de l'échiquier de fortune sur lequel il essayait les parties décrites dans le manuel. Son intelligence représentative hors normes, vite fatiguée des cent cinquante parties décrites et analysées dans le manuel, a fini par s'investir dans des parties mentales contre lui-même débouchant sur une addiction au jeu proprement schizophrénique (une « intoxication échiquière », p. 88) et une apparence de folie, à laquelle il doit d'avoir été relâché par ses bourreaux, après une crise soignée dans un hôpital, où la vieille solidarité austro-hongroise du corps médical pourvoit à son élargissement. Mais contrairement au statut public, sinon mondain, de la notoriété dans le cas de Czentovic, seul le narrateur est mis par l'intéressé dans le secret de cette histoire. Lui seul comprendra, après de longues confidences de ce docteur B., les épisodes successifs rapportés par la nouvelle. Lui seul sait que le jeu d'échecs a été la planche de salut du prisonnier, ce qui lui a permis de remporter la partie contre la Gestapo, au risque de sombrer dans une démence funeste, et au prix d'une fragilité psychique permanente.*

La figure du docteur B., victime du nazisme et vainqueur potentiel d'une brute bien dressée, draine évidemment les affects positifs des lecteurs, et son abandon peut être vécu comme une victoire sur l'adversité — la victoire sur une addiction au jeu induite par la perfidie de ses bourreaux — et un retour à l'humanité. Il est le seul personnage dont le comportement demeure « ouvert » et évolutif : son histoire douloureuse explique qu'il ne veuille d'abord jouer qu'une seule partie, non pour l'argent, ni pour défier un champion, mais à seule fin de mettre dangereusement à l'épreuve d'un jeu réel tout l'apprentissage mental de l'art des échecs qui a failli le rendre fou : « Ce qui m'intéresse et m'intrigue, c'est uniquement une curiosité rétrospective : savoir si ce qui se passait naguère dans ma cellule, c'était encore des échecs ou déjà de la folie » (p. 95). De ce point de vue, il est plus « joueur », au sens positif du terme, que son adversaire. Il aime le risque, et de même il est ouvert au dialogue, il écoute notamment le conseil que le narrateur, devenu son confident, lui suggère lors de la dernière partie. L'approche du personnage est de bout en bout psychologique. Le docteur B. est certes la seule victime explicite du nazisme de toute l'œuvre narrative de Zweig, mais ce quasi-héros n'est pas une victime « classique » de la Gestapo, une figure de résistant politique actif au fascisme, comme l'Autriche en a compté. Il pourrait être la victime d'un gang mafieux cherchant à connaître le code d'un coffre. Il fallait en outre, pour qu'il puisse raconter son histoire, qu'on l'ait relâché. Il n'empêche : d'un point de vue formel, il a résisté, il n'a pas dit ce qu'il savait. Il n'a pas sauvé un réseau, une communauté d'êtres humains en lutte, mais il a protégé par son silence la richesse de l'Église catholique autrichienne (dont le rapport au fascisme est plus que trouble). Dans Le Chandelier enterré, *il s'agissait aussi de sauver des prédateurs un bien de nature religieuse, mais la menorah n'est pas la richesse d'un clergé, elle est le symbole matériel qui signifie la communauté des hommes, et l'héroïsme du personnage principal de la nouvelle a une dimension politique. La résistance du docteur B. est quant à elle individualiste, « de principe », et, aux yeux de Zweig, c'est un facteur de sympathie qui l'emporte sur tout autre.*

Cela étant, le docteur B., contrairement à Czentovic, n'est pas seul : il a un allié, un protecteur, un ami peut-être, le narrateur. Leur connivence est essentielle à la composition de la nouvelle, et donne notamment à penser que le narrateur, Autrichien exilé, pur produit vieillissant de la culture du monde d'hier, est lui aussi — sans doute pour d'autres raisons — une victime du nazisme. On le devine d'opinions politiques modérées, imaginatif et sensible, fumant le cigare, approuvant le choix des deux livres dont le docteur B. réveille la mémoire dans sa détention, malgré leur incongruité apparente : l'Homère du lycée (plutôt L'Odyssée *sans doute que la belliqueuse* Iliade*) et le code civil. Le narrateur est comme le docteur B. un homme du Livre, et sans doute lui-même un* « Herr Doktor » *tout comme Zweig dont on sait qu'il était très attaché à ce titre obtenu en 1904 à l'université de Vienne. On ignore les raisons précises qui font qu'il se trouve avec son épouse si loin de son Autriche natale, mais on peut postuler qu'elles sont apparentées aux circonstances qui expliquent la présence du docteur B. sur ce bateau, en sorte que l'accumulation de traits et facteurs de sympathie avec ce dernier peut rendre plausible la familiarité amicale* *avec laquelle il lui pince le bras, vers la fin de l'épilogue, pour briser net la montée d'un délire traumatique redouté. Il donne ainsi corps, au sens propre, à sa connivence avec le joueur piégé, tout en prononçant en anglais le schibboleth salvateur :* remember, *demeurant ainsi dans la communauté de parole avec le reste des personnages présents, mais sollicitant aussi sans doute l'appel du cinquième verset du Psaume 137 à « ne pas oublier*[1] *».*

*

Puisque le narrateur joue ce rôle décisif, on se demande en définitive quelle relation peut bien exister entre ce dernier effort d'écriture, cette nouvelle particulièrement originale, et le désir sans doute déjà installé plus ou moins consciemment chez Zweig d'en finir avec la vie. La question semble d'autant plus légitime que l'auteur inaugurait avec la Nouvelle du jeu d'échecs *une manière relativement neuve, une langue plus sobre, sans doute portée par la nature du récit, un rapport à l'histoire contemporaine plus fort que jamais, une dramatisation accomplie. Quelle considération sur l'espèce humaine met-il en place, sous les yeux de spectateurs variés, dans le face-à-face de deux hommes étrangement aliénés, l'un dans une pratique monomaniaque, il*

1. « Si je t'oublie, Jérusalem, que ma main droite se dessèche. » L'historien Yerushalmi insiste sur l'importance de la mémoire dans l'identité juive ; il met en avant le rôle de l'impératif « *zakhor* », « souviens-toi », dans *Zakhor. Histoire juive et mémoire juive*, trad. É. Vigne, La Découverte, 1984 ; Gallimard, « Tel », 1991.

est vrai finalisée par le gain, l'autre dans l'introversion, sans que l'un ou l'autre puisse imputer à son vis-à-vis quelque contribution à ce qu'il est devenu ? Deux basculements potentiels dans la psychose se font face sans se rencontrer vraiment. Czentovic n'a d'yeux que pour les soixante-quatre cases de l'échiquier et la position des figurines, le psychisme de son partenaire n'a pas d'autre visage pour lui que les mouvements de son armée de buis. Dans le monde où il vit, on ne se regarde pas au fond des yeux. On désespère de le voir rire, pleurer, aimer ou même haïr. Son challenger héroïque souffre d'une schizophrénie parallèle en quelque sorte, et leur parenté intime a pour métaphore ce jeu. Loin d'être vraiment un jeu, les échecs immatériels du docteur B. sont pour lui à la fois la conséquence et la cause d'un enfermement dans les murs de son âme meurtrie. Des deux côtés, le rapport au monde est cassé. Les deux histoires individuelles, l'enfance hongroise ou croate de l'orphelin après 1918, la jeunesse viennoise du docteur B., qui a connu le « monde d'hier », n'ont pas de prolongement véritablement inscrit dans leur situation. Peu importe qu'ils « s'en soient sortis » : quelque chose a ravagé leur vie. Ils sont porteurs d'un désastre, et le navire Argo où se déploient les épisodes de leur guerre est fait d'un bois dodonéen dont les oracles sont très sombres. Pour chaque être humain, les parties pouvaient être considérées comme toujours bien commencées par le miracle de la naissance, pauvre orphelin ou grand de la terre. Mais au bout du voyage — ainsi peut s'entendre la nouvelle — il n'y a pas de Toison d'or. Déjà a recommencé, entre l'automne européen de

1939 et l'hiver américain de 1942, le massacre des enfants des hommes. Le narrateur sexagénaire Orphée est à bord. Bientôt il ne chantera plus pour aider les rameurs à pousser la galère existence : il leur a laissé cette histoire, le mystère inquiétant du duel entre le jeune Czentovic et l'élégant docteur B.

Note sur l'édition

Cette nouvelle a été publiée pour la première fois sous le titre *Schachnovelle*, à la fin de l'année 1942, à Buenos Aires, en Argentine, simultanément aux Éditions Janos Peter Kramer (à 50 exemplaires numérotés en chiffres romains) et chez Verlag Pigmalion (dans un tirage de 50 exemplaires reliés numérotés en chiffres romains, et 250 exemplaires brochés numérotés en chiffres arabes). La première parution en Europe, chez Bermann-Fischer Verlag, à Stockholm, date de décembre 1943. La première traduction française, par Jacqueline Des Gouttes, fut publiée chez Delachaux et Niestlé en 1944.

La présente traduction s'appuie sur la version dactylographiée adressée par Stefan Zweig à son éditeur Gottfried Bermann-Fischer deux jours avant son suicide. Ce dactylogramme est conservé à la Lilly Library de l'université d'Indiana (Bloomington, États-Unis).

J.-P. L.

NOUVELLE
DU JEU D'ÉCHECS

Sur le paquebot qui devait partir à minuit de New York pour Buenos Aires régnait la traditionnelle agitation affairée de la dernière heure. Des hôtes restant à terre se bousculaient pour accompagner leurs amis, de petits télégraphistes à la casquette de travers filaient dans les salons en criant des noms, on transportait des valises et des fleurs, des enfants dévalaient et grimpaient avec curiosité les escaliers, tandis que l'orchestre impavide accompagnait le *deck-show*[1]. J'étais en conversation avec un ami, un peu à l'écart de cette cohue, sur le pont-promenade, lorsque près de nous jaillit crûment la lueur de deux ou trois flashs — apparemment, quelque notoriété venait encore, juste avant le départ, de se faire rapidement interviewer et photographier par des reporters. Mon ami tourna la tête et sourit. « Vous avez à bord un oiseau rare, le célèbre Czentovic. » Et, comme sans doute j'avais l'air de ne pas comprendre grand-chose à cette nouvelle, il ajouta pour m'expliquer : « Mirko Czentovic, le champion du monde d'échecs. Il vient de faire quantité de tournois à travers l'Amérique, d'est en ouest, et maintenant il part vers de nouveaux triomphes en Argentine. »

Effectivement, je me souvins alors de ce jeune champion du monde et même de quelques détails se rapportant à sa fulgurante carrière ; mon ami, lecteur de journaux plus attentif que moi, put les compléter par toute une série d'anecdotes. Czentovic, voilà un an environ, avait d'un coup pris place à côté des vieux maîtres les plus consacrés, les Alekhine, Capablanca, Tartakover, Lasker, Bogolioubov ; jamais, depuis l'entrée en scène de Reshevsky[1], l'enfant prodige de sept ans, au tournoi de New York en 1922, l'irruption d'un parfait inconnu dans la glorieuse corporation n'avait causé sensation aussi universelle. Car les qualités intellectuelles de Czentovic ne semblaient nullement le prédestiner d'emblée à une carrière aussi éblouissante. Le secret transpira bientôt que ce champion d'échecs, dans sa vie privée, était incapable d'écrire une phrase dans aucune langue sans fautes d'orthographe et que, selon la raillerie rageuse d'un confrère dépité, « son inculture était aussi universelle dans tous les domaines ». Fils d'un Slave du Sud misérable, un batelier du Danube dont le frêle esquif avait été coulé une nuit par un vapeur céréalier, l'enfant d'alors douze ans avait été charitablement recueilli après la mort de son père par le curé de ce lieu loin de tout, et le bon père avait fait de son mieux pour rattraper par des leçons particulières ce que l'enfant, taiseux, apathique et cabochard, n'était pas capable d'apprendre à l'école du village.

Mais ces efforts restèrent vains. Mirko fixait

toujours, sur les signes écrits qu'on lui avait cent fois expliqués, un regard terne ; même les matières les plus rudimentaires, son cerveau au fonctionnement laborieux n'avait pas la moindre capacité de les retenir. Devait-il calculer, qu'il était obligé, à quatorze ans encore, de compter sur ses doigts, et lire un livre ou un journal, alors qu'il était déjà adolescent, représentait encore pour lui un effort peu banal. Pour autant, on ne pouvait nullement qualifier Mirko de rétif ou de récalcitrant. Il faisait docilement ce qu'on lui commandait, il allait puiser l'eau, fendait le bois, venait travailler aux champs, rangeait la cuisine et accomplissait à coup sûr, encore qu'avec une lenteur irritante, tout service qu'on lui demandât. Mais ce qui contrariait le plus le brave curé, chez ce garçon obtus, c'était sa parfaite indifférence. Il ne faisait rien sans qu'on l'y incitât spécialement, ne posait jamais une question, ne jouait pas avec les autres gamins et ne cherchait de lui-même aucune occupation quand on ne lui en assignait pas expressément ; dès qu'il en avait fini avec les tâches ménagères, Mirko restait assis sans bouger quelque part dans la pièce, le regard vide comme celui des brebis à la pâture, sans accorder le moindre intérêt à ce qui se passait autour de lui. Le soir, quand le curé, tirant sur sa longue pipe rustique, faisait ses trois parties d'échecs habituelles avec le brigadier de gendarmerie, le garçon aux mèches blondes restait tassé près d'eux, muet et, sous ses paupières lourdes, fixant un regard apparemment ensommeillé et indifférent sur le quadrillage de l'échiquier.

Un soir d'hiver, tandis que les deux partenaires

étaient absorbés par leur partie quotidienne, on entendit, venant de la route qui traversait le village, les clochettes d'un traîneau qui approchait de plus en plus vite. Un paysan, la casquette saupoudrée de neige, entra à grands pas pressés, sa vieille mère était près de mourir et le curé était prié de se hâter pour lui apporter à temps l'extrême-onction. Le prêtre le suivit sans hésiter. Le brigadier de gendarmerie, qui n'avait pas fini son verre de bière, s'alluma une nouvelle pipe avant de partir et il s'apprêtait à remettre ses lourdes bottes lorsqu'il fut frappé par le regard que Mirko rivait sur l'échiquier et la partie interrompue.

« Eh bien, tu veux la finir ? » dit-il pour plaisanter, parfaitement convaincu que le garçon somnolent ne savait pas déplacer une seule pièce comme il convient. Mais l'autre leva un regard timide, fit « oui » de la tête et s'assit à la place du curé. En quatorze coups le brigadier était battu et, de surcroît, obligé de s'avouer que sa défaite n'était nullement due à un coup irréfléchi qu'il aurait joué par inadvertance. La deuxième partie ne se termina pas autrement.

« L'âne de Balaam[1] ! » s'écria à son retour le curé étonné, expliquant au brigadier moins ferré sur la Bible que voilà deux mille ans s'était déjà produit un miracle semblable, un être muet avait soudain trouvé le langage de la sagesse. En dépit de l'heure tardive, le curé ne put se retenir de défier en duel son petit élève analphabète. Mirko le battit lui aussi aisément. Il jouait d'une manière coriace, lente, inébranlable, sans relever une seule fois son large front penché sur l'échiquier. Mais il jouait avec une sûreté irréfutable ; ni le brigadier de gendarmerie ni le curé ne furent capables, les jours suivants, de gagner une seule partie contre lui. Le curé, mieux à même que personne de mesurer l'arriération que manifestait par ailleurs son élève, devint dès lors sérieusement curieux de savoir dans quelle mesure cet étrange don unilatéral résisterait à un examen rigoureux. Après avoir fait couper à Mirko, chez le barbier du village, afin de le rendre un peu présentable, les cheveux blond paille qu'il portait tout ébouriffés, il l'emmena dans son traîneau à la petite ville voisine, où il savait qu'il y avait, au café de la Grand-Place, un coin réservé à des joueurs d'échecs enragés, dont l'expérience lui avait appris qu'il n'était lui-même pas de leur force. Cela ne provoqua pas une mince surprise dans l'assemblée, lorsque ce gaillard de quinze ans, joues rouges et cheveux blond paille, dans sa peau de mouton retournée et ses grandes bottes lourdes, fut poussé par le curé dans la salle du café, où ce garçon déconcerté resta debout dans un coin, les yeux timidement baissés, jusqu'à ce qu'on l'appelle à l'une des tables. Dans la première partie, Mirko fut battu, car chez le brave curé il n'avait jamais vu ce qu'on appelle l'ouverture sicilienne. À la deuxième partie, il obtint déjà partie nulle contre le meilleur des joueurs. À partir de la troisième et de la quatrième, il les battit tous l'un après l'autre.

Or, dans une petite ville de province slave du Sud, il est extrêmement rare qu'il se passe des choses passionnantes ; aussi la première apparition du champion paysan fit-elle immédiatement sensation auprès de l'assemblée des notables. Il fut unanimement décidé que le prodigieux garçon devait absolument rester en ville encore jusqu'au lendemain, afin qu'on pût battre le rappel des autres membres du club et surtout mettre au courant, dans son château, le vieux comte Simczic, fanatique du jeu d'échecs. Le curé, qui regardait son pupille avec une fierté toute nouvelle, mais qui ne voulait tout de même pas que la joie de sa découverte lui fît manquer à l'obligation de dire sa messe du dimanche, se déclara prêt à laisser Mirko pour qu'il pût faire encore ses preuves. Le jeune Czentovic fut logé à l'hôtel aux frais des joueurs d'échecs et vit ce soir-là pour la première fois de sa vie un water-closet. Le lendemain, un dimanche après-midi, la salle d'échecs était comble. Mirko, assis quatre heures durant sans bouger devant l'échiquier, battit, sans dire un mot ni même lever les yeux, un joueur après l'autre ; pour finir, on proposa une partie simultanée. Il fallut un moment pour faire entendre au novice que dans une partie simultanée il aurait à affronter seul les différents joueurs. Mais, dès que Mirko eut compris cet usage, il s'adapta vite à sa tâche, passa d'une table à l'autre en faisant grincer ses lourdes chaussures et remporta finalement sept des huit parties.

Commencèrent alors de grands conciliabules. Quoique ce nouveau champion ne fût pas de la ville au sens strict, le chauvinisme local n'en était pas moins vivement enflammé. Peut-être qu'enfin la petite ville, dont jusque-là personne n'avait guère noté la présence sur la carte, pouvait pour la première fois s'offrir l'honneur d'envoyer dans le monde un homme célèbre. Un agent nommé Koller, qui d'habitude ne faisait que fournir le cabaret de la garnison en petites chanteuses et en choristes, se déclara prêt, sous réserve qu'on le finançât d'avance pour une année, à faire former le jeune homme à Vienne professionnellement à l'art des échecs par un excellent petit maître connu de lui. Le comte Simczic, qui en soixante ans de parties quotidiennes ne s'était jamais trouvé face à un aussi remarquable adversaire, signa aussitôt pour le montant demandé. Ce jour-là débuta l'étonnante carrière du fils de batelier.

Au bout de six mois, Mirko maîtrisait tous les secrets de la technique des échecs, à une étrange exception près, toutefois, qui fut plus tard beaucoup observée et raillée dans les milieux spécialisés. En effet, Czentovic ne parvint jamais à jouer ne fût-ce qu'une seule partie par cœur ou, comme on dit dans le jargon : à l'aveugle. Il était totalement dépourvu de la capacité de placer le champ de bataille dans l'espace illimité de l'imagination. Il lui fallait toujours avoir matériellement devant lui le carré noir et blanc avec ses soixante-quatre cases et ses trente-deux pièces ; encore au temps de sa gloire mondiale, il avait toujours avec lui un jeu d'échecs de poche et pliable, pour avoir optiquement sous les yeux la situation quand il voulait reconstituer une partie magistrale ou résoudre pour lui-même un problème. Cette tare en elle-même anodine trahissait une insuffisance de la faculté imaginative et on en débattait, dans le petit milieu, avec autant de fièvre que si, entre musiciens, un éminent virtuose ou un chef d'orchestre s'était montré incapable de jouer ou de diriger sans la partition ouverte. Mais cette curieuse singularité ne ralentit en rien la stupéfiante ascension de Mirko. À dix-sept ans il avait déjà remporté une douzaine de prix d'échecs, à dix-huit ans conquis le titre de champion de Hongrie et à vingt ans, enfin, celui de champion du monde. Les champions les plus téméraires, qui lui étaient chacun infiniment supérieurs par les dons intellectuels, l'imagination et l'audace, succombèrent à sa logique coriace et froide, tout comme Napoléon au lourdaud Koutouzov, comme Hannibal à Fabius Cunctator, dont Tite-Live rapporte qu'il avait de même montré dans son enfance des traits semblablement frappants d'apathie et d'imbécillité[1]. C'est ainsi que dans l'illustre galerie des grands maîtres des échecs, qui compte dans ses rangs les types les plus divers de supériorité intellectuelle, des philosophes, des mathématiciens, des natures calculatrices, imaginatives et souvent créatrices, faisait irruption pour la première fois un parfait outsider du monde de l'esprit, un petit paysan lourd et taciturne, auquel même les journalistes les plus retors ne parvinrent jamais à arracher une seule parole utilisable pour publication. Certes, ce que Czentovic refusait aux journaux en matière de sentences bien frappées, il le remplaça bientôt largement par les anecdotes courant sur sa personne. Car irrémédiablement, dès la seconde où il s'écartait de l'échiquier où il était un maître sans égal, Czentovic devenait une figure grotesque et presque comique ; en dépit de son solennel complet noir, de sa pompeuse cravate piquée d'une épingle à perle quelque peu voyante et de ses doigts laborieusement manucurés, il demeurait, dans sa façon de se tenir et dans ses manières, le même petit paysan borné qui balayait naguère la maison du curé. Avec une gaucherie et une lourdeur carrément sans vergogne, il cherchait, ce qui faisait rire ses confrères et provoquait leur rancœur, à tirer de son don et de sa gloire, avec une cupidité mesquine et souvent même vulgaire, tout l'argent qu'il était possible d'en tirer. Il voyageait de ville en ville en se logeant toujours dans les hôtels les moins chers, il jouait dans les clubs les plus miteux, pourvu qu'on lui versât ses honoraires, il laissait mettre son portrait sur des réclames de savon, et il vendit même, sans se soucier des railleries de ses concurrents, qui le savaient bien incapable d'écrire trois phrases correctes, son nom pour une *Philosophie des échecs*, écrite en réalité par un petit étudiant de Galicie pour le compte d'un éditeur ingénieux. Comme toutes les natures coriaces, il n'avait pas le moindre sens du ridicule ; depuis sa victoire au championnat du monde, il se considérait comme l'homme le plus important de la terre, et la conscience que tous ces beaux parleurs et écrivassiers malins, intellectuels éblouissants, il les avait battus sur leur propre terrain, et surtout le fait bien concret qu'il gagnait plus qu'eux avaient métamorphosé son ancien manque d'assurance en une fierté froide et généralement affichée avec lourdeur.

« Mais comment voudrait-on qu'une gloire aussi rapide ne vous tourne pas la tête, quand on l'a aussi vide ? » conclut mon ami après m'avoir confié quelques échantillons classiques de la prétention enfantine de Czentovic. « Comment veux-tu qu'à vingt et un ans un paysan du Banat ne crève pas de vanité lorsque soudain, en poussant quelques figurines sur une planche, il gagne plus en une semaine que son village d'origine tout entier en coupant du bois et s'éreintant dans les champs toute une année ? Et puis, en somme, n'est-ce pas sacrément facile de se prendre pour un grand homme quand on n'est pas gêné par le moindre soupçon qu'il exista jamais un Rembrandt, un Beethoven, un Dante, un Napoléon ? Le gaillard ne sait qu'une chose, dans son cerveau muré, c'est que depuis des mois il n'a pas perdu une seule partie d'échecs, et comme justement il ne soupçonne pas qu'à part les échecs et l'argent il y a encore d'autres valeurs sur notre terre, il a tout lieu d'être ravi de lui-même. »

Ce que m'avait appris mon ami ne manqua pas d'aviver ma curiosité particulière. Toutes les sortes de monomaniaques braqués sur une idée unique m'ont, toute ma vie, séduit, car, à mon sens, plus quelqu'un se limite, plus il est par ailleurs proche de l'infini ; ce sont précisément ces personnages apparemment à l'écart du monde qui se construisent, dans leur propre matière, comme les termites, un curieux résumé du monde qui ne ressemble à rien d'autre. Je ne fis donc pas mystère de mon intention d'examiner de près cet étrange spécimen d'esprit borné au cours des douze jours de traversée jusqu'à Rio[1].

Seulement, voilà : « Vous aurez peu de chances, me prévint mon ami. Autant que je sache, personne n'est encore parvenu à tirer de Czentovic la moindre miette de matériau psychologique. Derrière son abyssale pauvreté d'esprit, ce paysan matois dissimule la grande sagesse de ne pas risquer le ridicule, et ce grâce à la technique simple qui consiste à éviter toute conversation, sauf avec des compatriotes de son propre milieu qu'il retrouve dans de petites auberges. S'il flaire un homme instruit, il rentre dans sa coquille ; du coup, personne ne peut se vanter de l'avoir jamais entendu proférer une sottise, ni d'avoir jamais sondé la profondeur de son inculture qu'on dit infinie. » La suite allait montrer que mon ami avait raison. Pendant les premiers jours du voyage, il fut clair qu'il était parfaitement impossible d'approcher Czentovic sans faire preuve d'une importunité grossière qui n'est après tout pas mon genre. Certes, il arpentait quelquefois le pont-promenade, mais alors toujours les mains nouées derrière le dos, avec cet air de rentrer fièrement en lui-même, comme Napoléon sur le célèbre tableau ; en outre, il exécutait toujours si hâtivement et impulsivement sa ronde péripatéticienne qu'il aurait fallu le suivre au trot pour arriver à lui adresser la parole. Quant aux salons, au bar, au fumoir, il ne s'y montrait jamais ; comme me l'apprit le steward auprès duquel je m'enquis discrètement, il passait la majeure partie de sa journée dans sa cabine, à s'exercer à des parties d'échecs, ou à en récapituler, sur un imposant échiquier.

Au bout de trois jours, je commençai effectivement à être irrité de voir que sa technique de défense obstinée était plus habile que ma volonté de l'approcher. Je n'avais encore jamais de ma vie eu l'occasion de faire personnellement la connaissance d'un maître des échecs, et plus je m'efforçais à présent de personnaliser un tel type, plus je trouvais invraisemblable qu'une activité cérébrale tournât pendant toute une vie exclusivement autour d'un espace de soixante-quatre cases noires et blanches. Je savais bien par expérience la mystérieuse attraction qu'exerce le « jeu royal[1] », ce seul jeu, parmi tous ceux qu'a inventés l'homme, à échapper souverainement à toute tyrannie du hasard et à décerner ses palmes de victoire uniquement à l'esprit, ou plutôt à une forme déterminée de don de l'esprit. Mais ne se rend-on pas déjà coupable d'une restriction insultante en appelant les échecs un jeu ? N'est-ce pas aussi une science, un art, flottant entre ces deux catégories comme le cercueil de Mahomet entre ciel et terre, une alliance unique entre toutes les paires de contraires : archaïque et néanmoins éternellement nouveau, mécanique dans sa disposition et pourtant efficace uniquement par l'imagination, délimité dans un espace géométriquement rigide et, avec cela, illimité dans ses combinaisons, évoluant constamment et toutefois stérile, une pensée qui ne mène nulle part, une mathématique dont les calculs ne produisent rien, un art sans œuvres, une architecture sans substance et prouvant néanmoins qu'elle est plus durable dans son être et son existence que tous les livres et toutes les œuvres, le seul jeu qui appartienne à tous les peuples et à toutes les époques et dont nul ne sait quel dieu l'a apporté sur terre pour tuer l'ennui, aiguiser les sens, bander l'âme ? Où est chez lui le début et où est la fin ? N'importe quel enfant peut apprendre ses premières règles, n'importe quel incapable peut s'y essayer et cependant il est susceptible d'engendrer, à l'intérieur de ce carré immuablement restreint, une espèce particulière de maîtres, incomparables à toute autre, des hommes pourvus d'un don exclusivement assigné aux échecs, des génies spécifiques dans lesquels vision, patience et technique agissent dans une répartition tout aussi précisément déterminée que chez le mathématicien, le poète, le musicien, et seulement dans une autre superposition et alliance. À des époques anciennes de passion pour la physiognomonie, un Gall[1] aurait peut-être disséqué les cerveaux de tels maîtres d'échecs pour déterminer si chez pareils génies se trouvait, plus nettement marquée que dans d'autres crânes, une circonvolution particulière dans la masse grise du cerveau, une sorte de muscle ou de bosse des échecs. Et, pour le coup, quelle aurait été la fascination d'un tel physionomiste pour le cas d'un Czentovic, chez qui ce génie spécifique apparaît inclus dans une apathie intellectuelle absolue, unique filet d'or dans un quintal de minéral inerte ! Dans le principe, je concevais bien depuis toujours qu'un jeu à ce point extraordinaire et génial ne pouvait que se créer des champions spécifiques, mais quelle difficulté, quelle impossibilité néanmoins que de se représenter la vie d'un être humain à l'esprit éveillé pour qui le monde se réduit uniquement au mouvement étriqué entre noir et blanc, qui quête les triomphes de son existence dans le simple va-et-vient, aller et retour, de trente-deux figurines, un homme pour qui une nouvelle ouverture, avancer le fou au lieu du pion, est déjà un haut fait et lui vaudra son pauvre petit bout d'immortalité dans le coin d'un manuel d'échecs — un homme, un être humain doté d'un intellect, qui sans devenir fou, pendant dix, vingt, trente, quarante ans ne cesse de tourner, encore et encore, toute la tension de sa pensée vers cet enjeu dérisoire : coincer un roi en bois dans le coin d'une planche de bois !

Et voilà qu'un tel phénomène, un génie à ce point étrange, ou un fou à ce point énigmatique, se trouvait pour la première fois tout près de moi dans l'espace, à six cabines de la mienne sur le même bateau, et moi, malheureux, chez qui la curiosité pour les faits intellectuels dégénère toujours en une sorte de chemin de croix, je n'allais pas être capable de l'approcher. Je me mis à imaginer les ruses les plus absurdes : par exemple, titiller sa vanité en simulant une interview pour un grand journal, ou bien le piéger par sa cupidité, en lui proposant un tournoi rémunérateur en Écosse. Mais finalement je me souvins que la technique la plus éprouvée des chasseurs pour attirer le coq de bruyère consiste à imiter son cri de pariade ; quoi de plus efficace, pour attirer sur soi l'attention d'un maître d'échecs, que d'y jouer soi-même ?

Or, de ma vie, je n'ai jamais été un artiste sérieux en la matière, pour la simple raison que je ne m'y suis jamais adonné qu'avec légèreté et pour mon plaisir exclusivement ; quand je m'assois pour une heure devant l'échiquier, ce n'est nullement pour m'imposer un effort, mais au contraire pour me délasser de toute tension intellectuelle. Je « joue » aux échecs au vrai sens du mot, alors que les autres, les vrais joueurs d'échecs, y « sérieusent », pour introduire dans la langue un mot nouveau et téméraire. Or, pour les échecs comme pour l'amour, un partenaire est indispensable, et pour le moment je ne savais pas encore si, à part nous, il se trouvait à bord d'autres amateurs. Pour les faire sortir de leurs tanières, je tendis dans le fumoir un piège rudimentaire consistant, avec ma femme, bien qu'elle joue encore plus médiocrement que moi, à nous asseoir devant un miroir aux alouettes en forme d'échiquier. Et de fait, nous n'avions pas joué six coups que déjà quelqu'un en passant s'arrêtait, qu'un deuxième demandait la permission de regarder ; finalement se présenta aussi le partenaire que je souhaitais, qui me proposa une partie. Il s'appelait McConnor, c'était un ingénieur des mines écossais qui, me dit-on, avait fait une grosse fortune en forant des puits de pétrole en Californie, un être de carrure trapue, avec une forte mâchoire presque carrée, des dents robustes et un teint coloré dont la rougeur prononcée était due sans doute, au moins pour une part, à une copieuse consommation de whisky. Les épaules étonnamment larges, aussi spectaculairement mises en valeur que chez un athlète, affichaient hélas son caractère jusque pendant les parties, car ce Mr. McConnor était de ces hommes à ce point avides de leurs habituels succès que, même dans le jeu le plus futile, ils ressentent la moindre défaite comme un désaveu de leur personne. Habitué à s'imposer brutalement dans la vie et gâté par de réels succès, ce massif self-made-man était si inébranlablement pénétré de sa supériorité que toute résistance l'irritait comme étant une rébellion incongrue et quasiment un affront. Lorsqu'il perdit la première partie, il devint grincheux et se mit à expliquer longuement et sentencieusement que cela ne pouvait tenir qu'à une inattention momentanée ; à la troisième, c'est le bruit dans le salon voisin qu'il rendit responsable de sa défaite ; jamais il ne fut disposé à perdre une partie sans aussitôt exiger sa revanche. Au début, cette ambition enragée m'amusa ; finalement, je m'en accommodai comme d'une conséquence secondaire et inévitable de mon intention véritable : attirer le champion du monde à notre table.

Le troisième jour, le stratagème réussit, et néanmoins à moitié seulement. Soit que Czentovic nous eût aperçus devant l'échiquier depuis le pont-promenade, par une fenêtre, soit qu'il fît par hasard au fumoir l'honneur de sa présence — en tout cas, dès qu'il vit les profanes que nous étions pratiquer son art, il approcha malgré lui d'un pas et jeta, à bonne distance, un regard critique sur notre échiquier. McConnor était justement en train de jouer. Et ce seul coup parut déjà suffire à Czentovic pour savoir combien il eût été peu digne de son magistral intérêt de suivre davantage nos efforts d'amateurs. Avec le même geste tout naturel que nous avons, nous autres, dans une librairie, pour reposer sans même l'ouvrir un mauvais roman policier qu'on nous a présenté, il s'éloigna de notre table et quitta le fumoir. « Soupesé et jugé trop léger », me dis-je, un peu vexé par ce regard froid et méprisant, et pour laisser s'exprimer un peu mon humeur, c'est à McConnor que je m'adressai :

« Votre coup ne semble pas avoir beaucoup enthousiasmé le maître.

— Quel maître ? »

Je lui expliquai que ce monsieur qui venait de passer en jetant un regard réprobateur sur notre partie était le grand maître Czentovic. J'ajoutai que nous nous en remettrions l'un comme l'autre et nous ferions une raison, sans être navrés par son illustre dédain : on fait avec ce qu'on a. Mais, à ma surprise, mon propos désinvolte provoqua chez McConnor un effet fort inattendu. Il s'échauffa tout de suite, oublia notre partie, et sa ferveur ambitieuse commença à lui cogner aux tempes de façon presque audible. Il n'avait pas soupçonné que Czentovic fût à bord, et Czentovic devait absolument jouer contre lui. Jamais de sa vie il n'avait encore joué contre un champion du monde, sauf une fois lors d'une partie simultanée avec quarante autres ; déjà cela avait été terriblement palpitant, et il avait alors presque gagné. Est-ce que je connaissais le maître personnellement ? Je dis que non. Est-ce que je ne voulais pas aller le trouver et l'inviter à nous rejoindre ? Je refusai en expliquant que Czentovic, à ce que je savais, n'était pas très enclin à faire de nouvelles connaissances. Et qu'en outre, quel charme aurait-ce pour un champion du monde de se commettre avec des joueurs de troisième catégorie comme nous ?

Eh bien, j'aurais mieux fait de ne pas parler de joueurs de troisième catégorie à un homme aussi prétentieux que McConnor. Il se rengorgea, piqué, et déclara tout net qu'il ne pouvait croire, pour sa part, que Czentovic déclinerait le défi courtois d'un gentleman ; il allait s'en occuper. À sa demande, je lui décrivis sommairement le champion du monde, et déjà, plantant là notre partie avec indifférence, il se ruait avec une impatience effrénée vers le pont-promenade pour rattraper Czentovic. Je sentis de nouveau que rien ne pouvait retenir le possesseur d'aussi larges épaules, du moment qu'il avait lancé sa volonté dans une affaire.

J'attendis avec quelque anxiété. McConnor revint au bout de dix minutes, pas de très bonne humeur, me sembla-t-il.

« Eh bien ? demandai-je.

— Vous aviez raison, répondit-il avec quelque aigreur. Un monsieur pas très agréable. Je me suis présenté, je lui ai dit qui j'étais. Il ne m'a même pas tendu la main. J'ai tenté de lui faire valoir combien nous serions fiers et honorés, nous tous à bord, s'il acceptait de jouer contre nous une partie simultanée. Mais il est resté le dos sacrément raide, disant qu'il regrettait, qu'il avait des obligations contractuelles envers son agent, lesquelles lui interdisaient expressément de jouer sans honoraires pendant toute sa tournée. Et que son minimum était de deux cent cinquante dollars par partie. »

Je ris. « L'idée ne me serait jamais venue que pousser des figures du noir au blanc puisse être un métier aussi rémunérateur. Eh bien, j'espère que vous avez pris congé tout aussi poliment. »

Mais McConnor demeura parfaitement sérieux.

« La partie est fixée à demain après-midi trois heures. Ici dans le fumoir. J'espère que nous ne nous laisserons pas écraser si facilement.

— Comment ? Vous lui avez accordé les deux cent cinquante dollars ? m'écriai-je, effaré.

— Pourquoi pas ? *C'est son métier.* Si j'avais mal aux dents et qu'il y avait par hasard un dentiste à bord, je n'exigerais pas non plus qu'il m'extraie ma dent gratuitement. Cet homme a tout à fait raison de se vendre au prix fort ; dans toutes les branches, les gens vraiment compétents sont aussi les meilleurs hommes d'affaires. Et pour moi, plus une affaire est claire, mieux ça vaut. J'aime mieux payer cash que de me faire accorder une faveur par un M. Czentovic et de devoir encore lui dire merci à la fin. Après tout, dans notre club, j'ai déjà perdu plus de deux cent cinquante dollars en une soirée, sans pour autant jouer avec un champion du monde. Pour des "joueurs de troisième catégorie", il n'y a pas de honte à se faire battre par un Czentovic. »

Je notai avec amusement combien j'avais blessé McConnor dans sa fierté en parlant innocemment de « joueurs de troisième catégorie ». Mais puisqu'il avait en tête de payer le prix de cette fantaisie[1], je ne vis pas d'inconvénient à cette prétention incongrue qui allait me permettre de faire enfin la connaissance de ma bête curieuse. Nous mîmes très vite les quatre ou cinq messieurs qui s'étaient précédemment déclarés joueurs d'échecs au courant de l'imminent événement et, afin d'être le moins possible dérangés par les gens qui passeraient, nous fîmes réserver d'avance non seulement notre table mais les tables voisines pour la partie projetée.

Le lendemain, notre petit groupe s'était trouvé au complet à l'heure dite. La place du milieu, face au maître, resta évidemment attribuée à McConnor, qui passait ses nerfs en allumant l'un après l'autre de lourds cigares et en regardant sans cesse l'heure anxieusement. Mais le champion du monde — comme je l'avais prévu d'après les récits de mon ami — se fit attendre dix bonnes minutes, ce qui à vrai dire conféra ensuite à son entrée une dignité accrue. Il s'approcha de la table avec calme et aisance. Sans se présenter — « Vous savez qui je suis, et qui vous êtes ne m'intéresse pas », semblait dire cette impolitesse —, il passa avec une sécheresse toute professionnelle aux dispositions concrètes. Constatant qu'une partie simultanée était impossible à bord faute d'échiquiers disponibles, il proposait que nous jouions contre lui tous ensemble. Après chacun de ses coups, pour ne pas gêner nos conciliabules, il irait se mettre à une autre table au bout de la salle. Dès que nous aurions joué à notre tour, il faudrait, puisque nous ne disposions hélas pas d'une sonnette de table, que nous tapions avec une cuiller contre un verre. Comme délai maximal par trait, il proposait dix minutes, à moins que nous ne souhaitions un autre découpage. Nous acquiesçâmes évidemment, tels des élèves intimidés, à chaque proposition. Czentovic tira les noirs ; il répliqua à notre ouverture sans s'asseoir et se dirigea aussitôt vers la place où il avait lui-même proposé d'attendre et où, nonchalamment adossé, il se mit à feuilleter un magazine illustré.

Il y aurait peu de sens à raconter la partie. Elle finit évidemment comme elle devait finir, par notre défaite totale, et dès le vingt-quatrième coup. Or, qu'un champion du monde d'échecs balaie les doigts dans le nez une demi-douzaine de joueurs moyens ou moins que moyens, cela n'avait en soi rien d'étonnant ; ce qui nous causait à tous un effet déplaisant, c'était seulement la manière prétentieuse dont Czentovic nous faisait trop clairement sentir qu'il nous exécutait les doigts dans le nez. Il ne jetait à chaque fois qu'un coup d'œil apparemment furtif sur l'échiquier, son regard nous effleurait dédaigneusement comme si nous étions nous-mêmes des figurines en bois, et cette attitude impertinente nous évoquait malgré nous le geste avec lequel on jette un déchet à un chien galeux, en détournant les yeux. S'il avait eu un peu de tact, il me semble qu'il aurait pu nous signaler des erreurs ou nous encourager d'un mot aimable. Mais, même la partie terminée, cet automate inhumain ne proféra pas une syllabe ; après avoir dit « Mat ! » immobile devant la table, il attendit de voir si l'on souhaitait de lui encore une deuxième partie. Je m'étais déjà levé pour indiquer d'un geste, avec le désarroi où vous plonge toujours une goujaterie, que pour mon compte au moins cette affaire de dollars réglée mettait un terme au plaisir de nos relations, lorsque à côté de moi j'eus la contrariété d'entendre McConnor dire d'une voix tout éraillée : « Revanche ! »

Je fus carrément effrayé par son ton de défi ; de

fait, McConnor à cet instant donnait l'impression d'un boxeur qui va cogner plutôt que d'un courtois gentleman. Étaient-ce les manières désagréables dont Czentovic nous avait gratifiés, ou seulement l'âpreté pathologiquement susceptible de McConnor — en tout cas il était complètement transformé. Le visage rouge jusqu'aux cheveux sur son front, les narines dilatées par la pression interne, il transpirait visiblement et, depuis ses lèvres serrées, un pli tranchait la chair jusqu'au menton combatif qu'il tendait en avant. Je reconnus avec inquiétude dans son œil ce flamboiement de passion irrépressible qu'on ne voit, sinon, que chez les joueurs à la roulette quand ils ont doublé leur mise pour la sixième ou septième fois et que la bonne couleur ne sort pas. Je sus à cet instant que cet homme dévoré d'une ambition fanatique, dût-il y passer toute sa fortune, jouerait contre Czentovic, jouerait et rejouerait, en simple ou en double, jusqu'à ce qu'il ait gagné au moins une fois une partie. Si Czentovic tenait le coup, il avait trouvé en McConnor une mine d'or d'où il pourrait tirer à la pelle, d'ici Buenos Aires, quelques milliers de dollars.

Czentovic demeura impassible. « Je vous en prie, répondit-il poliment. Ces messieurs ont à présent les noirs. »

La deuxième partie n'offrit pas un tableau différent, à ceci près que quelques curieux avaient non seulement agrandi notre cercle, mais l'avaient aussi rendu plus animé. McConnor avait les yeux rivés sur l'échiquier comme s'il voulait, par sa volonté de gagner, hypnotiser les pièces ; je sentais qu'il aurait même sacrifié avec enthousiasme mille dollars pour pousser le cri de joie « Mat ! » face à son impassible adversaire. Curieusement, un peu de son excitation rageuse nous gagnait à notre tour inconsciemment. Chaque coup était discuté beaucoup plus passionnément qu'auparavant, nous nous retenions toujours l'un l'autre jusqu'au dernier moment avant de tomber d'accord pour donner le signal rappelant Czentovic à notre table. Peu à peu nous étions arrivés jusqu'au trente-septième coup et, à notre propre surprise, les pièces se trouvaient disposées d'une manière qui semblait étonnamment favorable, car nous avions réussi à avancer le pion de la colonne c jusqu'à l'avant-dernière case c2 ; nous n'avions plus qu'à l'avancer en c1 pour gagner une nouvelle dame. À vrai dire, nous ne nous sentions pas tout à fait à l'aise face à cette chance trop évidente ; nous soupçonnions unanimement que l'apparent avantage que nous nous étions ainsi assuré ne pouvait être, de la part de Czentovic, qui avait sûrement de la situation une vue portant beaucoup plus loin, qu'un hameçon qu'il nous tendait à dessein. Mais nous avions beau chercher et discuter de toutes nos forces, nous n'arrivions pas à voir le piège. Finalement, presque au terme du délai de réflexion imparti, nous décidâmes de risquer ce trait. McConnor saisissait le pion pour l'avancer jusqu'à la dernière case lorsqu'il se sentit empoigné brusquement par le bras et que quelqu'un lui souffla, à voix basse mais énergiquement : « Pour l'amour du Ciel, non ! »

Nous nous retournâmes tous machinalement. Un monsieur d'environ quarante-cinq ans, dont le visage aigu et allongé m'avait déjà frappé, sur le pont-promenade, par son étrange pâleur presque crayeuse, devait nous avoir rejoints dans les dernières minutes, tandis que toute notre attention était captivée par le problème. Il se hâta d'ajouter, sentant notre regard :

« Si vous allez à dame, il vous menace aussitôt avec son fou en c1, vous vous défendez avec le cavalier. Mais entre-temps il avance son pion libre en d7, attaque votre tour, et même si vous faites échec avec le cavalier, en neuf à dix coups vous êtes fichus. C'est à peu près la même disposition que celle d'Alekhine contre Bogolioubov au grand tournoi de Pistyan en 1922. »

McConnor, étonné, lâcha le pion et jeta un regard tout aussi stupéfait que les nôtres vers l'homme tombé du ciel pour nous aider, tel un ange inespéré. Quelqu'un qui était capable de calculer un mat neuf coups à l'avance ne pouvait être qu'un spécialiste de premier ordre, peut-être même un concurrent au titre qui se rendait au même tournoi, et sa façon d'arriver soudain pour intervenir en un moment aussi critique avait quelque chose de quasi surnaturel. Le premier à se ressaisir fut McConnor :

« Qu'est-ce que vous conseilleriez ? chuchota-t-il avec excitation.

— Ne pas avancer tout de suite, commencer par rompre ! Avant tout retirer le roi de la colonne où il est menacé, de g8 en h7. Lui lancera vraisemblablement son attaque sur l'autre flanc. Mais vous riposterez en jouant votre tour c8-c4 ; il y perdra deux temps, un pion et donc sa supériorité. On aura alors un pion libre contre un autre, et si vous jouez bien en défensive, vous obtiendrez partie nulle. Il n'y a pas davantage à espérer. »

Nous fûmes, une fois de plus, étonnés. La précision, tout autant que la rapidité de son calcul, avait quelque chose d'étourdissant ; c'était comme s'il lisait les coups dans un livre imprimé. Malgré tout, la chance d'arriver au nul contre un champion du monde, grâce à son intervention, faisait un effet magique. D'un même mouvement, nous nous écartâmes pour qu'il voie mieux l'échiquier. McConnor demanda encore :

« Alors, le roi g8-h7 ?

— Mais oui ! Se dégager avant tout ! »

McConnor obéit, et nous tapâmes sur le verre. Czentovic rejoignit notre table de son habituel pas tranquille et estima d'un coup d'œil la riposte. Puis il avança, du côté du roi, le pion h2-h4, exactement comme l'avait prédit notre sauveur inconnu. Et déjà celui-ci chuchotait, tout excité :

« Avancez la tour, avancez la tour, c8-c4, ça l'oblige à protéger d'abord son pion. Mais ça ne l'avance à rien ! Sans vous soucier de son pion libre, vous prenez avec le cavalier d3-e5, et l'équilibre est rétabli. Toute la pression vers l'avant, au lieu de vous défendre ! »

Nous ne comprenions pas ce qu'il avait en tête. Pour nous, ce qu'il disait était du chinois. Mais McConnor, désormais sous le charme, fit ce que l'autre lui disait. Nous tapâmes de nouveau sur le verre pour faire revenir Czentovic. Pour la première fois, il ne se décida pas vite, mais considéra l'échiquier avec attention. Il fronça malgré lui les sourcils. Puis il fit exactement le trait qu'avait annoncé l'inconnu, et se retourna pour s'en aller. Toutefois, avant qu'il ne s'éloignât, il se passa une chose nouvelle et inattendue. Czentovic leva les yeux et parcourut nos rangs du regard ; manifestement il voulait découvrir qui, tout d'un coup, lui opposait une résistance aussi énergique.

À partir de cet instant, notre excitation ne connut plus de limites. Jusque-là nous jouions sans espoir sérieux, mais à présent l'idée de briser le froid orgueil de Czentovic faisait courir dans nos veines une ardeur fulgurante. Or, déjà notre nouvel ami avait donné son instruction suivante et nous pouvions — j'en eus les doigts qui tremblaient en heurtant le verre avec la cuiller — rappeler Czentovic. Et c'est alors qu'intervint notre premier triomphe. Czentovic, qui jusque-là n'avait jamais joué que debout, hésita, hésita encore, et finit par s'asseoir. Il s'assit lentement et lourdement ; mais par là était déjà supprimée, de façon purement corporelle, la condescendance avec laquelle il nous avait regardés de haut. Nous venions de le forcer à se mettre à notre niveau, au moins dans l'espace. Il réfléchit longtemps, les yeux immuablement baissés sur l'échiquier, de sorte qu'on ne voyait presque plus les pupilles sous ses lourdes paupières, et dans l'effort de la réflexion sa bouche s'ouvrit peu à peu, donnant à son visage rond un air un peu niais. Czentovic réfléchit pendant plusieurs minutes, puis il joua et se leva. Et déjà notre ami chuchotait :

« Un coup d'attente ! Bien pensé ! Mais il ne faut pas s'y laisser prendre ! Il faut forcer à l'échange, absolument, alors nous pourrons obtenir partie nulle, et aucun dieu ne pourra l'aider. »

McConnor obéit. Commença alors dans les coups suivants, entre les deux — nous autres étions depuis longtemps tombés au rang de figurants inconsistants —, un va-et-vient pour nous incompréhensible. Au bout de sept coups environ, Czentovic leva les yeux après mûre réflexion et déclara : « Partie nulle. »

L'espace d'un instant, il régna un silence total. On entendit soudain le bruissement des vagues et, du salon voisin, la radio qui jouait du jazz, on perçut chaque pas sur le pont-promenade et le léger sifflement du vent dans les jointures des fenêtres. Personne d'entre nous ne respirait, c'était arrivé trop soudainement et nous étions tous encore effarés par ce qu'avait d'invraisemblable le fait qu'un inconnu, dans une partie déjà à moitié perdue, ait pu imposer sa volonté au champion du monde. McConnor se rejeta d'un coup en arrière, et la respiration qu'il avait retenue échappa soudain à ses lèvres en faisant entendre un « Ah ! » de bonheur. Pour ma part, j'observai Czentovic. Pendant les derniers coups déjà, il m'avait semblé qu'il pâlissait. Mais il sut se tenir. Il demeura rigide et apparemment serein, et demanda seulement, sur le ton le plus détaché, tout en poussant les pièces hors de l'échiquier d'une main calme :

« Ces messieurs souhaitent-ils encore une troisième partie ? »

Il posait là une question strictement technique et financière. Mais, curieusement, sans regarder McConnor et en posant en revanche un regard aigu droit sur notre sauveur. Comme fait un cheval sentant la meilleure assiette d'un nouveau et meilleur cavalier, il avait dû discerner lors des derniers coups quel était son véritable et réel adversaire. Nous suivîmes malgré nous son regard et nous nous tournâmes avec curiosité vers l'inconnu. Mais avant même que celui-ci n'eût pu réfléchir ni, encore moins, répondre, McConnor lui avait déjà lancé triomphalement, dans l'excitation de son ambition :

« Cela va de soi ! Mais il faut maintenant que vous jouiez seul contre lui ! Vous seul contre Czentovic ! »

Mais il se passa alors une chose imprévue. L'inconnu, qui curieusement fixait encore un regard intense sur l'échiquier déjà débarrassé, sursauta en sentant tous les regards braqués sur lui et en s'entendant interpeller avec un tel enthousiasme. Les traits de son visage se brouillèrent.

« En aucun cas, messieurs », bredouilla-t-il, visiblement décontenancé. « C'est tout à fait exclu… Je n'entre pas en ligne de compte… Cela fait vingt ans, non, vingt-cinq ans que je ne me suis pas assis devant un échiquier… Et je vois seulement maintenant avec quel sans-gêne je me suis conduit en venant me mêler de votre partie sans votre permission… Excusez, je vous prie, mon importunité… Je ne veux pas vous déranger plus longtemps. » Et avant que nous puissions nous remettre de notre surprise, il s'était déjà éloigné et avait quitté la pièce.

« Mais enfin, c'est tout à fait impossible ! » tonna le fougueux McConnor en tapant du poing sur la table. « Complètement exclu, que cet homme n'ait pas joué aux échecs depuis vingt-cinq ans, comme il le prétend ! Enfin ! Il a calculé chaque trait, chaque riposte avec cinq, six coups d'avance. Une capacité pareille ne s'improvise pas. C'est complètement exclu, voyons — n'est-ce pas ? »

En posant cette dernière question, McConnor s'était machinalement tourné vers Czentovic. Mais le champion du monde demeura d'une froideur imperturbable.

« Je suis incapable d'en juger. En tout cas, ce monsieur a joué d'une façon un peu déconcertante, et intéressante ; c'est pourquoi je lui ai d'ailleurs laissé une chance, à dessein. » Tout en se levant nonchalamment, il ajouta, à sa manière professionnelle :

« Si jamais ce monsieur ou ces messieurs souhaitaient demain faire une autre partie, je serai à leur disposition à partir de trois heures. »

Nous ne pûmes réprimer un petit sourire. Chacun de nous savait que Czentovic n'avait pas du tout laissé généreusement une chance à notre secourable inconnu et que sa remarque n'était rien d'autre qu'une piètre excuse pour camoufler son insuccès. Nous en éprouvâmes un désir d'autant plus vif de voir cet orgueil si inébranlable connaître l'humiliation. Tout d'un coup, les paisibles et nonchalants passagers que nous avions été étaient pris d'une combativité farouche et ambitieuse, car à l'idée que là, sur notre navire, au milieu de l'océan, le champion du monde pouvait se faire ravir sa palme — la nouvelle de ce record fulgurerait alors dans tous les télégraphes du monde — nous étions fascinés de la façon la plus provocante. À cela s'ajoutaient encore le charme du mystère émanant de l'intervention inattendue de notre sauveur juste au moment critique, et le contraste entre sa modestie presque craintive et son imperturbable assurance de technicien. Qui était cet inconnu ? Le hasard avait-il fait surgir là un génie des échecs encore méconnu ? Ou bien est-ce que, pour une raison impénétrable, un maître célèbre nous cachait son nom ? De toutes ces possibilités nous discutâmes avec exaltation, les hypothèses les plus téméraires nous paraissaient encore trop timides pour arriver à concilier l'indiscutable maestria de notre inconnu avec sa mystérieuse humilité et avec son surprenant aveu. Sur un point, toutefois, nous tombâmes tous d'accord : en aucun cas nous ne renoncerions au spectacle d'un nouveau combat. Nous résolûmes de tout tenter pour que notre sauveur joue le lendemain une partie contre Czentovic, dont McConnor s'engagea à assumer le risque matériel. Comme entre-temps la consultation du steward avait révélé que l'inconnu était autrichien, c'est moi qui fus chargé, en qualité de compatriote, de lui exposer notre requête.

Il ne me fallut pas longtemps pour trouver, sur le pont-promenade, l'homme qui s'était enfui si précipitamment. Il était installé sur un transat et lisait. Avant de m'approcher, j'en profitai pour l'observer. Sa tête aux traits aigus reposait sur l'oreiller d'une façon qui marquait une légère fatigue ; de nouveau, je fus frappé surtout par l'étrange pâleur de ce visage relativement jeune, dont les tempes étaient encadrées par des cheveux d'un blanc éclatant ; j'eus l'impression, je ne sais pourquoi, que cet homme avait dû vieillir d'un coup. À peine m'avançai-je qu'il se leva poliment et se présenta, sous un nom qui me fut aussitôt familier, celui d'une vieille famille autrichienne des plus honorables. Je me rappelai que quelqu'un de ce nom avait fait partie du cercle des amis les plus proches de Schubert, et que l'un des médecins du vieil empereur avait aussi appartenu à cette famille. Lorsque j'exposai au docteur B. que nous souhaitions qu'il voulût bien relever le défi de Czentovic, il parut visiblement stupéfait. Il apparut qu'il n'avait pas soupçonné que, dans cette partie, il s'était illustré face à un champion du monde, ni encore moins face au plus brillant qui fût. Pour une raison ou pour une autre, l'information sembla l'impressionner particulièrement, car il me demanda à plusieurs reprises si j'étais certain qu'il avait réellement affronté un champion du monde reconnu. Je me rendis bientôt compte que ce fait facilitait ma mission, et simplement, devinant sa susceptibilité, je jugeai préférable de lui taire que le risque matériel d'une éventuelle défaite serait pour la caisse de McConnor. Au terme d'une assez longue hésitation, le docteur B. se déclara prêt à un match, mais non sans m'avoir expressément prié de mettre encore une fois en garde les autres messieurs : il ne fallait surtout pas fonder sur ses capacités des espoirs excessifs.

« Car, ajouta-t-il avec un sourire rêveur, je ne sais véritablement pas si je suis capable de jouer une partie d'échecs exactement selon toutes les règles. Croyez bien, je vous en prie, que ce n'était nullement de la fausse modestie lorsque j'ai dit n'avoir plus touché à une pièce d'échecs depuis le lycée, donc depuis plus de vingt ans. Et, même à l'époque, j'étais considéré tout au plus comme un joueur sans don particulier. »

Il disait cela d'une façon si naturelle qu'il m'était interdit de nourrir le moindre doute quant à sa sincérité. Je ne pus néanmoins m'empêcher de dire que j'avais été stupéfait de voir avec quelle précision il était capable de se rappeler chaque combinaison des maîtres les plus divers ; il fallait pourtant bien qu'il se fût beaucoup occupé d'échecs, au moins en théorie. Le docteur B. sourit de nouveau, de son étrange manière songeuse.

« Beaucoup occupé ! Dieu sait ! On peut le dire, que je me suis beaucoup occupé d'échecs. Mais cela s'est passé dans des circonstances fort particulières, et même tout à fait uniques. Ce fut une histoire passablement compliquée, et qui pourrait être tout au plus une petite contribution à celle de notre aimable grande époque. Si vous avez une demi-heure de patience... »

Il m'avait invité d'un geste à prendre place sur le transat proche du sien. J'acceptai volontiers son invitation. Nous étions sans voisins. Le docteur B. ôta les lunettes qu'il avait pour lire, les mit de côté et commença :

« Vous avez eu l'amabilité de me dire que vous vous souveniez, en tant que Viennois, du nom de ma famille. Mais je suppose que vous n'aurez guère entendu parler du cabinet d'avocat que je gérais avec mon père et, par la suite, tout seul, car les causes dont nous nous occupions n'étaient pas de celles qui sont évoquées publiquement dans les journaux, et nous évitions par principe tout client nouveau. En réalité, ce n'était pas un véritable cabinet d'avocat, nous nous limitions exclusivement au conseil juridique et surtout à la gestion de biens pour le compte des grands couvents dont mon père, en qualité d'ancien député du parti clérical, était proche. Nous était confiée en outre — aujourd'hui que la monarchie appartient à l'histoire, on a sans doute le droit d'en parler — la gestion des fortunes de quelques membres de la famille impériale. Ces liens avec la cour et le clergé — mon oncle était médecin de l'empereur, un autre était abbé de Seitenstetten — remontaient déjà à deux générations ; nous n'avions qu'à les maintenir, et c'était là une activité discrète, je dirais silencieuse, qui nous était échue du fait de cette confiance dont nous héritions, n'exigeant guère plus que la discrétion et la fiabilité les plus strictes, deux qualités que mon père possédait au plus haut point ; il est effectivement parvenu, aussi bien dans les années de l'inflation que dans celles des bouleversements politiques, à conserver à ses clients des fortunes considérables. Lorsque ensuite Hitler arriva aux commandes en Allemagne et lança ses campagnes de rapine contre les biens de l'Église et des couvents, maintes négociations et transactions parvinrent d'au-delà de la frontière en passant aussi par nos mains, pour sauver au moins de la réquisition les valeurs mobilières, et nous en savions plus long sur les négociations politiques secrètes de la curie et de la maison impériale que ce que l'opinion publique en apprendra jamais. Or, la plus sûre des protections contre les investigations indues, c'était que notre cabinet n'attirait pas l'attention — nous n'avions même pas une plaque sur la porte —, et c'était la prudence consistant à éviter tous deux ostensiblement tous les milieux monarchistes. De fait, pendant toutes ces années, aucune administration en Autriche n'a jamais soupçonné que les messagers clandestins de la maison impériale venaient paradoxalement déposer ou chercher leur courrier le plus important dans nos bureaux qui ne payaient pas de mine, au quatrième étage.

« Mais les nationaux-socialistes, bien avant de lever leurs armées contre le monde, avaient commencé d'organiser dans tous les pays voisins une autre armée, tout aussi dangereuse et entraînée, la légion des défavorisés, des laissés-pour-compte, des aigris. Dans chaque bureau, chaque entreprise, leurs prétendues "cellules" étaient nichées ; à tous les échelons, jusque dans les appartements privés de Dollfuss et de Schuschnigg[1], ils avaient leurs oreilles et leurs espions. Même dans notre cabinet apparemment si anodin, ils avaient leur homme, comme je l'appris hélas trop tard. Ce n'était à vrai dire qu'un gratte-papier sans aucun talent, que j'avais engagé, sur la recommandation d'un curé, uniquement pour donner au cabinet l'apparence extérieure d'un fonctionnement normal ; en réalité nous ne l'utilisions que pour des tâches qui ne tiraient pas à conséquence, il devait répondre au téléphone et classer des dossiers, c'est-à-dire ceux des dossiers qui étaient sans aucun intérêt ni problème. Le courrier ne devait jamais être ouvert par lui, c'est moi qui écrivais de ma main, à la machine et sans laisser de copie, toutes les lettres importantes, j'emportais chez moi tout document de quelque intérêt, et je menais les conversations qui devaient rester secrètes exclusivement au prieuré du couvent ou chez mon oncle abbé. Grâce à ces mesures de prudence, cet indicateur ne pouvait rien voir des affaires sérieuses ; mais, par quelque malheureux hasard, ce gaillard ambitieux et vaniteux avait dû remarquer qu'on se méfiait de lui et que toutes sortes de choses intéressantes se passaient derrière son dos. Peut-être qu'une fois, en mon absence, l'un des courriers a imprudemment parlé de "Sa Majesté" au lieu de dire comme convenu "le baron Fern", ou bien cette crapule a dû ouvrir indûment des lettres — en tout cas, avant que j'aie pu avoir des soupçons, il se fit attribuer, par Munich ou par Berlin, la mission consistant à nous surveiller. Ce n'est que beaucoup plus tard, étant depuis longtemps en prison, que je me rappelai que son indolence du début s'était muée, les derniers mois, en un zèle soudain, et qu'il s'était plusieurs fois offert avec insistance à porter mon courrier à la poste. Je ne saurais donc m'absoudre d'une certaine imprudence, mais enfin les plus grands diplomates et militaires ne se sont-ils pas fait perfidement rouler eux aussi par la clique hitlérienne ? Avec quelle précision et quelle sollicitude la Gestapo me gratifiait depuis longtemps de son attention, cela apparut on ne peut plus concrètement par le fait que, le soir même où Schuschnigg annonçait sa démission, et un jour avant que Hitler n'entrât dans Vienne, j'étais déjà arrêté par des SS. J'étais encore parvenu, heureusement, à brûler les papiers de la plus haute importance dès que j'avais entendu à la radio le discours de Schuschnigg, et le reste des documents, comportant les indispensables reconnaissances des dépôts faits à l'étranger par les couvents et par deux archiducs, je l'avais envoyé — vraiment à la dernière minute, avant que ces types n'enfoncent ma porte — caché dans une corbeille à linge, par ma vieille et fidèle gouvernante, chez mon oncle. »

Le docteur B. s'interrompit pour allumer un cigare. À la lueur de la flamme, je remarquai que le coin droit de sa bouche était parcouru d'un tressaillement nerveux, il m'avait déjà frappé auparavant et je pus observer qu'il se répétait à quelques minutes d'intervalle. Ce n'était qu'un mouvement fugace, guère plus marqué qu'un souffle, mais il donnait à son visage quelque chose d'étrangement inquiet.

« Vous vous attendez vraisemblablement à ce que je vous parle maintenant du camp de concentration où l'on sait que furent transférés tous ceux qui étaient demeurés fidèles à notre vieille Autriche, à ce que je vous raconte les humiliations, les martyres, les tortures que j'y ai subis. Mais il ne se passa rien de tel. J'entrais dans une autre catégorie. Je ne fus pas poussé dans le troupeau de ces malheureux sur lesquels, à coups d'humiliations physiques et psychiques, on donnait libre cours à un ressentiment longtemps accumulé ; je fus placé dans un autre groupe, tout petit, de gens à qui les nationaux-socialistes espéraient extorquer soit de l'argent, soit des informations importantes. En elle-même, ma modeste personne n'avait naturellement aucun intérêt pour la Gestapo. Mais ils avaient dû apprendre que nous avions été les hommes de paille, les gestionnaires et les hommes de confiance de leurs adversaires les plus opiniâtres, et ce qu'ils espéraient m'arracher, c'étaient des preuves à charge : contre les couvents, suspects de transferts occultes de capitaux, contre la famille impériale, contre tous ceux qui, en Autriche, s'étaient engagés et sacrifiés en faveur de la monarchie. Ils soupçonnaient — et ils n'avaient certes pas tort — que de tous ces fonds qui avaient transité par nous il restait encore des sommes considérables, cachées et échappant encore à leur rapacité ; c'est pourquoi ils vinrent me chercher dès le premier jour, pour m'arracher ces secrets par leurs méthodes éprouvées. Les gens de ma catégorie, auxquels il s'agissait de faire cracher des informations importantes ou de l'argent, n'étaient donc pas emmenés en camp de concentration, on leur réservait un traitement à part. Vous vous rappelez peut-être que notre chancelier ou, autre cas, le baron Rothschild, dont ils espéraient forcer la famille à leur verser des millions, ne furent pas placés derrière les barbelés d'un camp de prisonniers, mais, par ce qui semblait être une faveur, dans un hôtel, l'Hôtel Metropole[1], qui était en même temps le quartier général de la Gestapo et où chacun d'eux eut droit à une chambre à part. Moi qui ne payais pas de mine, j'eus droit aussi à cet honneur.

« Une chambre particulière dans un hôtel — cela donne en soi, n'est-ce pas, une impression d'extrême humanité ? Or vous pouvez me croire quand je vous dis qu'on ne nous réservait nullement une méthode plus humaine, mais seulement une méthode plus raffinée, en n'entassant pas les "personnalités" que nous étions à vingt dans une baraque glaciale, mais en nous logeant dans une chambre individuelle à peu près chauffée d'un hôtel. Car la pression par laquelle on voulait nous forcer à livrer le "matériau" dont on avait besoin était conçue pour fonctionner de façon plus subtile qu'en nous rouant de coups ou en nous torturant physiquement : par l'isolement le plus raffiné qu'on pût imaginer. On ne nous faisait rien — on nous mettait juste dans le néant parfait, car il est connu qu'aucune chose au monde n'exerce une telle pression sur l'âme humaine que le néant. En nous enfermant chacun séparément dans un vide total, dans une pièce hermétiquement coupée du monde extérieur, on voulait causer, non de l'extérieur par les coups et le froid, mais de l'intérieur, cette pression qui finirait par forcer les lèvres à s'ouvrir. À première vue, la chambre qui m'avait été attribuée n'avait rien de déplaisant. Elle avait une porte, un lit, une chaise, une cuvette pour se laver, une fenêtre grillagée. Mais la porte demeurait jour et nuit verrouillée, sur la table ne devait se trouver ni livre ni journal ni feuille de papier ni crayon, et la fenêtre faisait face à un mur aveugle ; tout autour de mon moi et même de mon propre corps, on avait construit le néant parfait. On m'avait retiré tout objet, la montre pour que je ne sache pas l'heure, le crayon pour que je n'aille pas écrire, le couteau pour que je ne puisse pas m'ouvrir les veines ; même le délassement le plus minime, comme une cigarette, m'était refusé. À part le gardien qui ne devait pas dire un mot ni répondre à aucune question, jamais je ne voyais un visage humain, jamais je n'entendais une voix humaine ; l'œil, l'oreille, tous les sens ne recevaient, du matin à la nuit et de la nuit au matin, pas la moindre nourriture, on restait avec soi, avec son corps et les quatre ou cinq objets muets, table, lit, fenêtre, cuvette, on restait désespérément seul ; on vivait comme un plongeur sous sa cloche vitrée dans le noir océan de ce silence, et même comme un plongeur qui soupçonne que le câble le reliant au monde extérieur a cassé et qu'il ne sera jamais remonté de cette profondeur sans un bruit. Il n'y avait rien à faire, rien à entendre, rien à voir, partout et constamment c'était alentour le néant, le vide complet sans espace et sans temps. On allait et venait, et les pensées de même allaient et venaient, allaient et venaient, sans cesse. Mais même les pensées, si immatérielles qu'elles paraissent, ont besoin d'un point d'appui, sinon elles se mettent à tourner en rond, à tourner sur elles-mêmes et à l'absurde. Elles non plus ne supportent pas le néant. On attendait quelque chose, du matin au soir, et il ne se passait rien. On attendait encore et encore. Il ne se passait rien. On attendait, attendait, attendait, on pensait, on pensait, on pensait, jusqu'à ce que les tempes vous fassent mal. Rien ne se passait. On restait seul. Seul. Seul.

« Cela dura quinze jours, que je vécus hors du temps, hors du monde. Si une guerre avait éclaté alors, je ne l'aurais pas su ; car effectivement mon univers n'était constitué que de : table, porte, lit, cuvette, chaise, fenêtre et mur, et j'avais le regard sans cesse rivé sur le même papier peint du même mur ; chaque ligne de son motif dentelé s'est gravée comme à la pointe d'airain jusque dans le plus profond sillon de mon cerveau, tant je l'ai fixé souvent. Puis, enfin, les interrogatoires commencèrent. On était soudain convoqué sans savoir si c'était le jour ou la nuit. On était appelé et emmené par quelques couloirs, on ne savait où ; ensuite on attendait quelque part, et l'on ne savait pas où, et l'on se trouvait soudain devant une table autour de laquelle étaient assis quelques hommes en uniforme. Sur la table était posée une pile de papiers, les dossiers, dont on ne savait pas ce qu'ils contenaient, et alors commençaient les questions, les vraies et les fausses, les claires et les perfides, les questions écrans et les questions pièges, et pendant qu'on répondait, de méchants doigts inconnus feuilletaient les papiers dont on ne savait ce qu'ils contenaient, et de méchants doigts inconnus inscrivaient quelque chose dans le procès-verbal et l'on ne savait pas ce qu'ils écrivaient. Mais le plus terrible, lors de ces interrogatoires, était pour moi que je ne pouvais jamais deviner ni calculer ce que les gens de la Gestapo savaient effectivement de ce qui s'était fait à mon cabinet et ce qu'il leur restait à me faire avouer. Comme je vous l'ai déjà dit, j'avais envoyé les papiers vraiment compromettants à mon oncle, à la dernière minute, en les confiant à la gouvernante. Mais les avait-il reçus ? Ne les avait-il pas reçus ? Combien de lettres avaient-ils interceptées et combien, entre-temps, dans les couvents allemands dont nous gérions les biens, en avaient-ils peut-être déjà extorquées à quelque homme d'Église maladroit ? Et ils posaient question sur question. Quels titres avais-je acheté pour tel couvent, avec quelles banques avais-je correspondu, est-ce que je connaissais ou non M. Untel, avais-je reçu des lettres de Suisse et de Dieu sait où ? Et comme je ne pouvais jamais évaluer l'ampleur de ce qu'ils avaient déjà découvert, chaque réponse prenait les proportions d'une responsabilité énorme. Si j'avouais une chose qui ne leur était pas connue, je livrais peut-être quelqu'un pour rien. Si je niais trop, je me nuisais à moi-même.

« Mais l'interrogatoire n'était encore pas ce qu'il y avait de pire. Le pire était, après l'interrogatoire, le retour dans mon néant, dans la même chambre avec la même table, le même lit, la même cuvette, le même papier au mur. Car à peine étais-je seul que je tentais de reconstituer ce que j'aurais dû répondre plus intelligemment et ce que je devrais dire la fois suivante pour détourner le soupçon que j'avais peut-être fait naître par un propos inconsidéré. Je réfléchissais, passais en revue, spéculais, examinais au mot près ce que j'avais dit au juge d'instruction, je récapitulais chaque question qu'ils avaient posée, chaque réponse que j'avais faite, j'essayais de supputer ce qu'ils avaient pu en inscrire au procès-verbal, et je savais néanmoins que je ne pourrais jamais l'évaluer ni l'apprendre. Mais ces pensées dans le vide, une fois lancées comme à la manivelle, n'arrêtaient plus de tourner dans ma tête, repassant sans cesse à nouveau dans des combinaisons toujours différentes, et elles allaient jusqu'à envahir mon sommeil ; chaque fois que je revenais d'un interrogatoire de la Gestapo, c'étaient mes propres pensées qui prenaient le relais, tout aussi implacablement, et me tourmentaient de questions et d'investigations atroces, et peut-être même encore plus cruellement, car les interrogatoires s'achevaient malgré tout au bout d'une heure, tandis que ce supplice non, du fait de la torture perfide de la solitude. Et toujours, autour de moi, uniquement la table, l'armoire, le lit, le papier peint, la fenêtre, rien pour distraire, pas de livre, pas de journal, pas un visage inconnu, pas un crayon pour noter quelque chose, pas une allumette pour jouer avec, rien, rien, rien. C'est alors seulement que je me rendis compte à quel point ce système de la chambre d'hôtel était diaboliquement pensé, psychologiquement meurtrier. En camp de concentration, on aurait peut-être dû charrier des pierres jusqu'à en avoir les mains en sang et les pieds gelés dans ses chaussures, on aurait été entassé avec deux douzaines d'hommes dans la puanteur et le froid. Mais on aurait vu des visages, on aurait pu fixer son regard sur un champ, une brouette, un arbre, une étoile, n'importe quoi mais quelque chose, tandis qu'ici l'on était toujours entouré des mêmes objets, de l'identique, de l'affreux identique. Il n'y avait rien là qui pût me détourner de mes pensées, de mes idées délirantes, de mes récapitulations morbides. Et c'est précisément cela qu'ils visaient — que j'avale et ravale mes pensées jusqu'à ce qu'elles m'étouffent et que je ne puisse faire autrement que de les vomir enfin, de parler, de dire tout ce qu'ils voulaient, de livrer enfin les renseignements et les personnes. Peu à peu je sentis comment mes nerfs, sous cette atroce pression du néant, se relâchaient et, conscient du danger, je les tendis à se rompre pour trouver ou inventer n'importe quel dérivatif. Pour m'occuper, j'essayai de réciter et de reconstituer tout ce que j'avais jamais appris par cœur, l'hymne national et les comptines de l'enfance, l'Homère du lycée, les paragraphes du code civil. Ensuite je tentai de calculer, d'additionner des nombres au hasard, de les diviser, mais ma mémoire n'avait, dans le vide, aucune force pour les retenir. Je ne pouvais me concentrer sur rien. Sans cesse surgissait et fulgurait la même pensée : que savent-ils ? qu'ai-je dit hier, que dois-je dire la prochaine fois ?

« Cet état, à vrai dire indescriptible, dura quatre mois. Or, quatre mois, cela s'écrit facilement : juste une dizaine de lettres ! Cela se prononce sans peine : quatre mois — trois syllabes. En un quart de seconde, les lèvres ont tôt fait d'articuler ces sons : quatre mois ! Mais nul ne peut dépeindre, ne peut mesurer, ne peut concrétiser, ni pour autrui ni pour soi-même, combien dure un temps hors de l'espace et du temps, et à personne on ne peut expliquer comment cela dévore et détruit quelqu'un, ce rien, ce néant alentour, cette permanence identique, table et lit et cuvette et papier peint, et toujours le silence, toujours le même gardien qui pousse vers vous le repas sans vous regarder, toujours les mêmes pensées qui dans le néant tournent autour d'une seule chose, jusqu'à ce qu'on devienne fou. À de petits signes, je me rendis compte avec inquiétude que mon cerveau commençait d'être gagné par le désordre. Au début, lors des interrogatoires, j'étais encore intérieurement lucide, mes dépositions étaient réfléchies et calmes ; cette pensée à deux niveaux, sur ce que je devais dire et ne pas dire, fonctionnait encore. À présent, je ne pouvais plus articuler même les phrases les plus simples qu'en bafouillant, car tout en parlant je fixais un regard hypnotisé sur la plume qui courait sur le papier du procès-verbal, comme si je voulais courir après mes propres paroles. Je sentais que mon énergie déclinait, je sentais que se rapprochait de plus en plus l'instant où, pour me sauver, je dirais tout ce que je savais, et peut-être encore davantage, trahissant alors, pour échapper à l'étranglement de ce néant, douze personnes et leurs secrets, sans pour autant me donner à moi-même plus qu'un instant de répit. Un soir, je fus déjà réellement à bout : comme il se trouva que le gardien m'apportait mon repas à cet instant d'étouffement, je criai soudain dans son dos : "Conduisez-moi à l'interrogatoire ! Je veux tout dire ! Je veux tout avouer ! Je veux dire où sont les titres, où est l'argent ! Je dirai tout, tout !" Par bonheur, il ne m'entendait déjà plus. Peut-être aussi qu'il ne voulut pas m'entendre.

« Dans cette détresse extrême se produisit alors quelque chose d'imprévu qui m'offrit un secours, me sauva, du moins pour un certain temps. C'était fin juillet, une journée sombre de temps couvert et pluvieux : je me souviens très bien de ce détail parce que la pluie tambourinait sur les vitres du couloir par lequel j'étais conduit à l'interrogatoire. Dans l'antichambre du juge d'instruction, je dus attendre. On devait toujours attendre, à chaque séance : faire poireauter ainsi était un élément de leur technique. On commençait par vous mettre les nerfs à vif en criant votre nom et en venant vous tirer brusquement de votre cellule au milieu de la nuit, et ensuite, une fois qu'on s'était fait à l'idée d'un interrogatoire, qu'on avait déjà bandé sa volonté et sa raison pour résister, ils vous faisaient attendre, attendre de façon à la fois absurde et habile, une heure, deux heures, trois heures, pour fatiguer le corps et ramollir l'âme. Et on me fit attendre particulièrement longtemps, ce mercredi 27 juillet, deux bonnes heures debout dans l'antichambre ; je me rappelle aussi précisément cette date pour la bonne raison que, dans cette pièce où — n'ayant pas le droit de m'asseoir, cela va de soi — j'avais les jambes qui me rentraient dans le ventre à force de rester debout, il y avait au mur un calendrier, et je ne puis vous expliquer comment, dans ma fringale de texte imprimé, de texte écrit, je restai les yeux rivés sur ce "27 juillet" ; je dévorais ces quelques caractères, les engloutissais dans mon cerveau. Et puis j'attendis encore, attendis en fixant la porte qu'elle s'ouvrît enfin, et je réfléchissais en même temps à ce que les inquisiteurs allaient me demander cette fois, tout en sachant qu'ils me demanderaient tout autre chose que ce à quoi je me préparais. Mais en dépit de tout, le supplice de cette attente et de cette station debout faisait aussi du bien, c'était une jouissance, parce que cette pièce était malgré tout différente de ma chambre, un peu plus grande et avec deux fenêtres au lieu d'une seule, et sans le lit et sans la cuvette et sans une certaine fissure que j'avais contemplée des millions de fois sur l'appui de la fenêtre. La porte était peinte autrement, il y avait contre le mur une chaise différente, et à gauche un cartonnier plein de dossiers ainsi qu'un portemanteau où étaient accrochées trois ou quatre capotes militaires mouillées, celles de mes bourreaux. J'avais donc quelque chose de nouveau à regarder, quelque chose d'autre, quelque chose d'enfin différent, avec mes yeux affamés, et ils se cramponnaient goulûment à chaque détail. De ces manteaux militaires j'observais le moindre pli, je remarquai par exemple une goutte qui pendait d'un col mouillé et, si ridicule que cela vous paraisse, j'attendais avec une excitation insensée de voir si elle allait enfin glisser le long du pli ou bien se défendre encore contre la pesanteur et rester accrochée plus longtemps — oui, je restai des minutes entières à fixer cette goutte d'eau, en retenant ma respiration comme si ma vie en dépendait. Ensuite, une fois qu'elle eut enfin roulé vers le bas, je me mis à compter les boutons des manteaux, huit sur l'un, huit sur l'autre, dix sur le troisième, et puis à comparer entre eux les parements de leurs manches ; tous ces petits détails anodins et dérisoires, mes yeux s'en saisissaient, les palpaient, jonglaient avec eux avec une avidité que je ne saurais vous décrire. Et soudain mon regard s'arrêta, fasciné, sur quelque chose. J'avais découvert que la poche latérale d'un des manteaux était un peu rebondie. Je m'approchai et je crus reconnaître, à la forme rectangulaire de la bosse, ce que recelait cette poche légèrement déformée : un livre ! Mes genoux se mirent à trembler : un LIVRE ! Cela faisait quatre mois que je n'avais pas eu un livre entre les mains, et la simple image d'un livre, où l'on pourrait voir des mots alignés, des lignes, des pages et des feuillets, d'un livre où des pensées autres, nouvelles, inconnues, qui me détourneraient de moi, se laisseraient lire, se laisseraient suivre et absorber dans mon cerveau, avait quelque chose d'à la fois enivrant et anesthésiant. Mes yeux étaient hypnotisés par le petit renflement que formait ce livre dans la poche, ils se braquaient, brûlants, sur cet endroit banal comme s'ils allaient faire un trou dans l'étoffe. Enfin je ne pus résister à ma convoitise ; je m'avançai comme malgré moi, à petits pas de côté. Rien que l'idée de pouvoir palper le livre de mes mains à travers le tissu enflammait les nerfs de mes doigts jusqu'aux ongles. Presque sans le savoir, je poussais vers mon but. Par bonheur, le gardien ne s'avisait pas de mon comportement sûrement bizarre, à moins qu'il lui semblât peut-être tout naturel qu'on voulût s'appuyer un peu au mur après être resté deux heures debout. Finalement je me trouvai tout près du manteau et j'avais fait exprès, pour arriver à le toucher discrètement, de mettre les mains derrière mon dos. Je palpai l'étoffe et, effectivement, à travers elle je sentis quelque chose de rectangulaire, de souple, qui faisait un léger bruit de froissement — un livre ! Un livre ! Et l'idée me secoua comme une détonation : ce livre, vole-le ! Tu vas peut-être y arriver, et tu pourras le cacher dans ta cellule et alors lire, lire, lire, enfin de nouveau lire ! À peine cette idée eut-elle pénétré en moi qu'elle fit l'effet d'un poison violent ; d'un coup mes oreilles se mirent à bourdonner et mon cœur à cogner, mes mains devinrent glacées et ne m'obéirent plus. Mais une fois passée la première stupeur, je m'approchai, en silence et avec ruse, encore plus près du manteau et, sans quitter le gardien des yeux, je poussai, de mes deux mains derrière le dos, le livre vers le haut de la poche jusqu'à l'en faire sortir. Je le saisis, le tirai prudemment, et j'eus soudain en main ce petit livre pas très épais. Alors, pour le coup, je fus effrayé par mon forfait. Mais je ne pouvais plus revenir en arrière. Cependant, qu'en faire ? Je glissai le volume derrière mon dos dans mon pantalon, à l'endroit où la ceinture le maintenait, et le fis peu à peu glisser vers la hanche, afin qu'en marchant je pusse le maintenir en mettant militairement la main sur la couture. Il fallait à présent faire le premier essai. Je m'écartai du portemanteau, fis un pas, deux pas, trois pas. Ça allait. Il était possible de maintenir le livre en marchant, à condition de bien appuyer la main sur la ceinture.

« Puis ce fut l'interrogatoire. Il exigea de ma part plus d'efforts que jamais, car en réalité je concentrais toute mon énergie, tandis que je répondais, non sur ce que je disais mais avant tout sur le livre qu'il me fallait maintenir sans attirer l'attention. Heureusement, ce fut cette fois-là un interrogatoire bref, et j'emportai le livre sain et sauf jusque dans ma chambre — je vous épargne les détails, car à un moment, à mi-parcours, il glissa dangereusement sous le pantalon et je dus simuler une forte quinte de toux pour me baisser et le remettre sous la ceinture. Mais en revanche, quelle seconde ce fut, lorsque je réintégrai mon enfer, enfin seul et pourtant ne l'étant plus désormais !

« Là, vous supposez sans doute que j'ai aussitôt pris le livre à pleines mains, que je l'ai contemplé, que je l'ai lu. Pas du tout ! D'abord je voulus goûter pleinement la jouissance que me procurait d'avance le fait d'avoir un livre sous la main, la jouissance, artificiellement retardée et excitant merveilleusement mes nerfs, que j'éprouvais à rêver de quelle sorte devrait être de préférence ce livre volé : imprimé très serré, surtout, et comptant beaucoup, beaucoup de caractères, beaucoup, beaucoup de pages fines, pour que j'eusse de quoi lire plus longtemps. Et puis je souhaitais que ce fût une œuvre me demandant un effort intellectuel, rien de plat, rien de facile, mais quelque chose qu'on pouvait apprendre, apprendre par cœur, et, mieux que tout — quel rêve insensé ! —, Goethe ou Homère. Mais pour finir je ne pus contenir plus longtemps ma convoitise, ma curiosité. Allongé sur le lit de façon que le gardien, s'il ouvrait soudain la porte, ne pût me prendre sur le fait, je tirai en tremblant le volume de sous ma ceinture.

« Le premier regard fut une déception et même une sorte d'amère contrariété : ce livre subtilisé au prix de risques si énormes et dont je venais de retarder l'examen avec tant d'ardent espoir n'était rien d'autre qu'un manuel d'exercices d'échecs, un recueil de cent cinquante parties entre des maîtres. Si je n'avais pas été enfermé, bouclé à double tour, dans ma première colère j'aurais aussitôt jeté le livre par la fenêtre, car qu'aurais-je pu, que pouvais-je bien faire d'une telle ineptie ? Adolescent, au lycée, j'avais de temps en temps, comme la plupart des autres, essayé par ennui de tâter aux échecs. Mais qu'avais-je à faire de ce fatras théorique ? Les échecs ne se jouent tout de même pas sans partenaire, et encore moins sans pièces et sans échiquier. Dépité, je tournais les pages pour découvrir peut-être malgré tout quelque chose de lisible, une introduction, des rudiments pour débutants ; mais je ne trouvai rien d'autre que ces quadrillages schématiques des différentes parties, avec, en dessous, des sigles au premier abord incompréhensibles, a2-a3, Cf1-g3, etc. Tout ça me parut être une sorte d'algèbre dont je ne trouvais pas la clef. C'est seulement peu à peu que je résolus l'énigme : les lettres a,b,c désignaient les colonnes, et les chiffres 1 à 8 les rangées, ce qui déterminait chaque position de chaque pièce ; du coup, ces schémas purement graphiques se trouvaient dotés d'un langage. Je me dis que je pourrais peut-être, dans ma cellule, me construire une sorte d'échiquier et essayer d'y rejouer les parties ; je vis un signe du Ciel dans le fait que mon drap de lit se trouvait présenter un grossier motif à carreaux. Judicieusement replié, il permettait d'obtenir finalement soixante-quatre cases. Je commençai donc par cacher le livre sous mon matelas et n'en détachai que la première page. Puis je me mis, à partir de miettes prises sur ma ration de pain, à modeler, d'une manière bien sûr ridiculement imparfaite, les pièces du jeu d'échecs, roi, dame, etc. ; au terme d'interminables efforts, je pus enfin entreprendre de reconstituer, sur le drap à carreaux, la position des pièces figurée dans le livre. Mais lorsque je tentai de rejouer toute la partie, j'échouai d'abord totalement, avec mes ridicules pièces en mie de pain, dont j'avais coloré la moitié en sombre avec de la poussière pour les distinguer. Je m'embrouillais sans cesse, les premiers jours ; cinq, dix, vingt fois il me fallut recommencer depuis le début cette seule partie. Mais qui au monde disposait d'autant de temps inutilisé et inutile que moi, l'esclave du néant, qui au monde pouvait se targuer d'autant de convoitise et de patience également immenses ? Au bout de six jours, je jouai déjà la partie impeccablement jusqu'au bout, après huit jours de plus je n'eus même plus besoin de mes petits croûtons sur le drap pour me représenter les positions du livre et, au bout de huit autres jours encore, même le drap devint superflu ; automatiquement, les sigles naguère abstraits, a1, a2, c7, c8, se transformaient derrière mon front en positions visuelles et concrètes. La conversion avait totalement réussi : j'avais projeté vers l'intérieur l'échiquier et ses pièces, et je maîtrisais d'un coup d'œil chaque position à l'aide des simples formules, de la même façon qu'il suffit à un musicien exercé de regarder la partition pour entendre déjà toutes les parties et leurs harmonies. Au bout de quinze jours de plus, j'étais capable sans peine de rejouer n'importe quelle partie du livre par cœur — ou selon l'expression consacrée : à l'aveugle ; je commençai alors à comprendre quel inestimable bienfait me valait mon insolent larcin. Car j'avais tout d'un coup une activité — dépourvue de sens et de but, si vous voulez, mais néanmoins une activité qui réduisait à néant le néant alentour ; je possédais, avec ces cent cinquante parties de tournoi, une arme merveilleuse contre l'écrasante monotonie de l'espace et du temps. Pour conserver intact le charme de ma nouvelle occupation, je découpai désormais soigneusement chacune de mes journées : deux parties le matin, deux parties l'après-midi, et le soir encore une rapide révision. Ainsi, ma journée qui naguère s'étalait, informe comme de la gélatine, était bien remplie, j'étais occupé sans me fatiguer, car le jeu d'échecs a le merveilleux avantage, en concentrant les énergies intellectuelles sur un champ étroitement limité, même en sollicitant beaucoup la pensée, de ne point exténuer le cerveau, mais plutôt d'aiguiser son agilité et son dynamisme. En rejouant d'abord mécaniquement les parties des maîtres, je commençai progressivement à sentir s'éveiller en moi une compréhension réjouissante de leur art. J'appris à comprendre les finesses, les ruses et le mordant dans l'attaque et la défense, je saisis les techniques de l'anticipation, de la combinaison, de la riposte, et je reconnus bientôt la note personnelle de chaque grand maître dans sa démarche individuelle, aussi infailliblement que l'on identifie un poète au bout de quelques vers déjà ; ce que je n'avais entrepris que pour occuper mon temps devint une jouissance, et les personnalités des grands stratèges des échecs comme Alekhine, Lasker, Bogolioubov, Tartakover pénétrèrent dans ma solitude comme autant de camarades objets de mon affection. Une infinie variété vint animer chaque jour la cellule muette, et la régularité même de mes exercices rendit à ma pensée sa sûreté déjà ébranlée : je sentis mon cerveau rafraîchi et même, grâce à cette constante discipline, comme aiguisé de frais. Je pensais de manière plus claire et plus concise, et cela se manifesta surtout lors des interrogatoires ; sans en être conscient, je m'étais perfectionné sur l'échiquier dans la défense contre les fausses menaces et les coups tordus ; à partir de ce moment, je ne commis plus de bêtises aux interrogatoires et j'eus même le sentiment que les hommes de la Gestapo commençaient peu à peu de me considérer avec un certain respect. Peut-être se demandaient-ils sans le dire, voyant tous les autres craquer, d'où je tirais seul l'énergie de résister avec une fermeté aussi inébranlable.

« Cette heureuse époque, où je rejouais systématiquement jour après jour les cent cinquante parties du livre, dura environ deux mois et demi à trois mois. Puis je me trouvai inopinément à un point mort. Soudain, je fus de nouveau face au néant. Car une fois que j'avais rejoué chaque partie de bout en bout à vingt ou trente reprises, elle perdait le charme de la nouveauté, sa force auparavant si excitante et incitante était épuisée. Quel sens à répéter encore et toujours des parties que je connaissais depuis longtemps par cœur, coup après coup ? À peine faite la première ouverture, le déroulement de la partie s'enclenchait automatiquement en moi, il n'y avait plus de surprise, plus de tensions, plus de problèmes. Pour m'occuper, pour me procurer l'effort et la diversion qui m'étaient déjà devenus indispensables, il m'aurait en vérité fallu un autre livre, avec d'autres parties.

Mais comme c'était parfaitement impossible, il n'existait qu'une voie dans cet étrange labyrinthe : il me fallait, à la place des anciennes parties, en inventer de nouvelles. Il fallait que j'essaye de jouer avec moi-même, ou plutôt contre moi-même.

« Or je ne sais pas jusqu'à quel point vous avez réfléchi à la situation intellectuelle qui caractérise ce jeu des jeux. Mais point n'est besoin de réfléchir longtemps pour se rendre à cette évidence que, les échecs étant un jeu de pensée pure où le hasard n'a aucun rôle, il est logiquement absurde de prétendre jouer contre soi-même. Car enfin l'attrait des échecs tient au fond uniquement à ce que sa stratégie se développe différemment dans deux cerveaux différents, à ce que dans cette guerre intellectuelle les noirs ne connaissent pas les manœuvres conçues par les blancs et cherchent constamment à les deviner et à les faire échouer, tandis que les blancs de leur côté s'efforcent de déjouer et de contrer les intentions secrètes des noirs. Dès lors, si noirs et blancs étaient une seule et même personne, cela ferait qu'un seul et même cerveau devrait à la fois savoir une chose et l'ignorer, que fonctionnant comme blanc il devrait au signal oublier complètement ce que comme noir il voulait et visait une minute auparavant. Une telle pensée double suppose en fait un dédoublement complet de la conscience, un arrêt et redémarrage à volonté d'une fonction cérébrale, comme dans un appareil mécanique ; vouloir jouer contre soi-même constitue donc, aux échecs, un paradoxe analogue à vouloir sauter par-dessus son ombre. Eh bien, pour être bref, cette impossibilité, cette absurdité, dans mon désespoir je l'ai tentée pendant des mois. Mais je n'avais pas d'autre choix que cette ineptie pour ne pas sombrer dans la folie pure ou dans un marasme intellectuel complet. J'étais obligé, par mon épouvantable situation, de tenter au moins cette scission entre un moi noir et un moi blanc, pour ne pas être écrasé par l'atroce néant qui m'entourait. »

Le docteur B. se laissa retomber dans le transat et ferma les yeux une minute. Il avait l'air de vouloir refouler à toute force un souvenir bouleversant. Le curieux tressaillement irrépressible se voyait de nouveau au coin gauche de ses lèvres. Puis il se redressa quelque peu dans son transat.

« Bon. Jusque-là j'espère vous avoir tout expliqué de manière assez compréhensible. Mais je suis, hélas, loin d'être sûr d'être capable de vous présenter la suite avec autant de clarté. Car cette nouvelle occupation exigeait une tension cérébrale si absolue qu'elle rendait impossible de se contrôler soi-même en même temps. J'ai déjà fait allusion à l'absurdité qu'il y a, selon moi, à vouloir jouer aux échecs contre soi-même ; mais même cette absurdité aurait malgré tout représenté une chance infime avec un échiquier réel, parce que cette réalité aurait tout de même permis encore un certain recul, une exterritorialité matérielle. Devant un vrai échiquier avec de vraies pièces, on peut marquer des pauses de réflexion, on peut physiquement se placer tantôt d'un côté de la table, tantôt de l'autre, et du coup envisager la situation tantôt du point de vue des noirs et tantôt de celui des blancs. Mais forcé comme je l'étais de projeter dans un espace imaginaire ces combats contre moi-même ou, si vous voulez, avec moi-même, j'étais obligé de retenir clairement dans ma conscience chaque position sur les soixante-quatre cases et, en outre, de calculer non seulement la disposition du moment, mais aussi d'avance les coups suivants des deux partenaires : à savoir — je sais combien cela paraît absurde — de les imaginer en double, en triple, que dis-je, en six, huit, douze exemplaires, pour chacun de mes *moi*, pour les noirs et pour les blancs, avec toujours quatre ou cinq coups d'avance. Lors de ce jeu dans l'espace abstrait de l'imagination, j'étais obligé — pardonnez-moi de vous imposer de suivre en pensée cette aberration — de calculer d'avance quatre ou cinq coups en tant que joueur blanc, et de même comme joueur noir, donc de combiner d'avance avec deux cerveaux toutes les situations qui en résulteraient successivement, avec le cerveau blanc et avec le cerveau noir. Mais même ce partage en deux n'était pas encore ce que mon expérience abstruse avait de plus dangereux : c'était qu'en inventant des parties de façon autonome je perdais pied tout d'un coup et me trouvais dans le vide. Rejouer simplement des parties entre maîtres comme je m'y étais exercé les semaines précédentes, ce n'était finalement qu'un acte reproductif, une pure récapitulation d'une matière donnée et donc pas plus fatigante que si j'avais appris par cœur des poèmes ou bien mémorisé des paragraphes de lois, c'était une activité délimitée, disciplinée, et donc un excellent *exercitium mentale*. Mes deux parties que j'expérimentais le matin et mes deux de l'après-midi constituaient un pensum déterminé dont je m'acquittais sans y mettre la moindre excitation ; elles remplaçaient pour moi une occupation normale et, en outre, si au cours d'une partie je me trompais ou ne savais comment continuer, je pouvais encore m'appuyer sur le livre. Si cette activité avait été si salutaire et plutôt calmante pour mes nerfs ébranlés, c'est que rejouer des parties d'autrui ne me mettait pas moi-même en jeu ; la victoire des noirs ou des blancs me laissait indifférent, car enfin c'étaient Alekhine ou Bogolioubov qui se disputaient la palme de champion, et ma propre personne, ma raison, mon âme ne goûtaient qu'en spectatrices, en connaisseuses, les péripéties et les beautés de ces parties. Mais dès l'instant où j'entrepris de jouer contre moi, je me mis à me défier inconsciemment. Chacun de mes deux *moi*, mon moi noir et mon moi blanc, avait à rivaliser avec l'autre et était pris, chacun pour sa part, d'une ambition, d'une impatience de vaincre, de gagner ; j'étais fiévreusement anxieux après chaque coup, en tant que moi noir, de voir ce qu'allait faire le moi blanc. Chacun de mes deux *moi* triomphait quand l'autre commettait une faute, et en même temps s'en voulait d'une maladresse qui était la sienne.

« Tout cela semble insensé et, de fait, une telle schizophrénie factice, une telle coupure de la conscience en deux, assortie de dangereuse excitation, serait impensable chez un être humain normal dans un état normal. Mais n'oubliez pas que j'avais été violemment arraché à toute normalité, que j'étais un détenu, un prisonnier innocent soumis depuis des mois à la torture raffinée de la solitude, un être qui voulait depuis longtemps décharger contre n'importe quoi sa rage accumulée. Et comme je n'avais rien d'autre que ce jeu absurde contre moi-même, c'est dans ce jeu que s'engouffra fanatiquement ma rage, ma soif de vengeance. Quelque chose en moi voulait avoir le dernier mot, et je n'avais en moi que cet autre moi contre lequel me battre ; c'est ainsi qu'en jouant j'arrivais à un état d'excitation quasi maniaque. Au début, j'avais encore réfléchi calmement et posément, j'avais ménagé des pauses entre une partie et la suivante, pour me remettre de mes efforts ; mais peu à peu mes nerfs à vif ne me permirent plus d'attendre. À peine mon moi blanc avait-il joué un coup que déjà mon moi noir ripostait fiévreusement ; à peine une partie était-elle achevée que j'exigeais la suivante, car enfin chaque fois l'un des deux *moi* d'échecs était battu par l'autre et demandait sa revanche. Jamais je ne pourrai dire, même en gros, le nombre de parties que cette insatiable folie m'a fait jouer contre moi-même, dans ma cellule, au cours de ces derniers mois — peut-être mille, peut-être davantage. J'étais possédé, sans pouvoir m'en défendre ; du matin jusque dans la nuit, je ne pensais que fous et pions et tours et rois et a et b et c et mat et roque ; de tout mon être et de tous mes sens, j'étais captif du carré quadrillé. Le plaisir de jouer s'était mué en délectation morbide, et celle-ci en esclavage, c'était devenu une manie, une rage frénétique envahissant non seulement les heures où j'étais éveillé, mais peu à peu aussi mon sommeil. Je ne pouvais plus penser sinon échecs, sinon en termes de déplacements sur l'échiquier, de problèmes d'échecs ; parfois je m'éveillais le front moite et je me rendais compte que même en dormant je devais avoir inconsciemment continué de jouer, et quand je rêvais d'êtres humains, cela se passait exclusivement en mouvements du fou, de la tour, en bonds du cavalier qui avance ou recule. Même quand j'étais appelé pour être interrogé, je ne pouvais plus penser de façon concise à ma responsabilité ; j'ai le sentiment que lors des derniers interrogatoires je dus m'exprimer de façon passablement confuse, car ceux qui me questionnaient échangeaient quelquefois des regards stupéfaits. Mais en réalité, tandis qu'ils posaient leurs questions ou bien se concertaient, je n'attendais qu'unc chose, dans ma désastreuse avidité, c'était d'être ramené dans ma cellule pour me remettre à mon jeu, à mon jeu délirant, une nouvelle partie et encore une et encore une. Toute interruption me devenait importune ; même le quart d'heure où le gardien faisait le ménage dans ma cellule de prisonnier, même les deux minutes où il m'apportait à manger mettaient au supplice ma fiévreuse impatience ; parfois, le soir, je n'avais pas encore touché à l'écuelle du repas, en jouant j'avais oublié de manger. La seule chose que je ressentais dans mon corps était une épouvantable soif ; ce devait être déjà la fièvre causée par cette pensée et ce jeu perpétuels ; je vidais d'un trait ou presque la bouteille d'eau et tourmentais le gardien pour en avoir une autre, et néanmoins, l'instant d'après, je sentais de nouveau ma langue sèche dans ma bouche. Finalement, mon excitation pendant que je jouais

— et je ne faisais plus rien d'autre, du matin jusque dans la nuit — atteignit un tel degré que je ne pouvais plus rester assis un seul instant ; je ne cessais, tout en concoctant ces parties, d'aller et venir, et de plus en plus vite, toujours plus vite, et toujours plus nerveusement à mesure que la partie approchait de la décision ; le désir exaspéré de gagner, de vaincre, de me vaincre moi-même, devenait progressivement une espèce de fureur, je tremblais d'impatience, car sans cesse l'un de mes *moi* trouvait l'autre trop lent. L'un aiguillonnait l'autre ; si ridicule que cela vous paraisse peut-être, je me mis à m'invectiver — "Plus vite, plus vite !" ou "Avance, avance !" — quand l'un des *moi* en moi ne ripostait pas à l'autre assez promptement. Il va de soi qu'aujourd'hui je vois tout à fait clairement que cet état qui était alors le mien était déjà une forme carrément pathologique de surexcitation intellectuelle, pour laquelle je ne trouve pas d'autre nom qu'un terme jusque-là inconnu de la médecine : une intoxication échiquière. Pour finir, cette obsession monomaniaque commença d'attaquer non seulement mon cerveau mais tout mon corps. Je me mis à maigrir, mon sommeil était agité et confus, au réveil il me fallait un effort particulier pour faire s'ouvrir mes paupières lourdes comme plomb ; parfois je me sentais tellement faible que, saisissant un verre, j'avais peine à l'approcher de mes lèvres, tant mes mains tremblaient ; mais à peine une partie commençait-elle qu'une énergie farouche s'emparait de moi : j'allais et venais, serrant les poings, et comme à travers un brouillard rouge j'entendais quelquefois ma propre voix se crier à elle-même, rauque et méchante, "échec" ou "mat !".

« Comment cet état atroce, indescriptible, aboutit à la crise, je suis incapable de le raconter moi-même. Tout ce que j'en sais, c'est qu'un matin je m'éveillai, et que ce fut un réveil autre que d'habitude. Mon corps était comme détaché de moi, je reposais mollement dans le bien-être. Une bonne fatigue dense, comme je n'en avais pas connu depuis des mois, était posée sur mes paupières et y pesait de manière si chaude et bienfaisante que je ne pus d'abord me résoudre à ouvrir les yeux. Des minutes durant, je restai là, déjà éveillé, à jouir encore de ce lourd engourdissement, tièdement couché que j'étais et les sens voluptueusement anesthésiés. Tout d'un coup j'eus l'impression d'entendre derrière moi des voix, des voix humaines vivantes, qui prononçaient des paroles, et vous ne sauriez imaginer mon ravissement, car je n'avais depuis des mois, depuis bientôt un an, entendu d'autres paroles que celles, dures, acerbes, méchantes, que proféraient mes accusateurs. "Tu rêves", me dis-je. "Tu rêves ! N'ouvre surtout pas les yeux ! Fais-le durer encore, ce rêve, sinon tu vas revoir la maudite cellule autour de toi, la chaise et la table de toilette et la table et le papier peint au motif éternellement identique. Tu rêves — continue de rêver !"

« Mais la curiosité l'emporta. Je soulevai lentement et prudemment les paupières. Et là, miracle : c'était une autre chambre où je me trouvais, une chambre plus large, plus vaste que ma cellule de l'hôtel. Une fenêtre sans grille laissait entrer librement la lumière et une vue sur des arbres, des arbres verts qui bougeaient dans le vent, au lieu de mon mur aveugle, et les parois de la chambre brillaient, lisses et blanches, et le plafond blanc aussi était très haut au-dessus de moi — j'étais véritablement dans un lit nouveau, inconnu, et ce n'était réellement pas un rêve, derrière moi chuchotaient doucement des voix humaines. Malgré moi je dus m'agiter brusquement, dans ma surprise, car aussitôt j'entendis derrière moi un pas qui approchait. Survint une femme aux gestes souples, avec une coiffe blanche sur ses cheveux, une soignante, une infirmière. Un frisson de ravissement me tomba dessus : je n'avais pas vu de femme depuis un an. Je fixais des yeux cette divine apparition, et ce dut être un regard sauvage, extatique, car elle s'empressa de me faire rester tranquille : "Du calme ! Restez calme !" Mais je n'écoutais que sa voix — n'était-ce pas un être humain qui parlait là ? Y avait-il encore réellement sur terre un être humain qui ne m'interrogeât pas, ne me tourmentât pas ? Et de surcroît — miracle inconcevable ! — une douce, chaude, presque tendre voix de femme ? Je contemplais cette bouche avec convoitise, car au cours de cette année infernale il était pour moi devenu invraisemblable qu'un être humain pût parler à un autre avec bonté. Elle me sourit — oui, elle souriait, il y avait encore des êtres humains capables de sourire gentiment —, puis elle mit un doigt devant ses lèvres pour me faire taire et repartit en silence. Mais mes yeux n'étaient pas encore rassasiés de ce miracle. Je tentai violemment de me redresser dans le lit pour la suivre du regard, suivre ce miracle d'un être humain qui était bon. Mais voulant prendre appui sur le bord du lit, je n'y parvins pas. Là où il y avait d'habitude ma main droite, mes doigts, mon poignet, je sentis quelque chose d'étranger, un grand et gros paquet blanc, manifestement un volumineux pansement. Je m'étonnai d'abord sans comprendre devant cette grosse chose blanche à ma main, puis je commençai lentement à saisir où j'étais et à réfléchir à ce qui avait pu m'arriver. On avait dû me blesser, ou bien je m'étais moi-même fait une plaie à la main. Je me trouvais dans un hôpital.

« Dans l'après-midi arriva le médecin, un monsieur d'un certain âge, aimable. Il connaissait le nom de ma famille et mentionna mon oncle, le médecin de l'empereur, avec un tel respect qu'aussitôt j'eus le sentiment qu'il me voulait du bien. Par la suite il me posa toutes sortes de questions, et surtout une qui m'étonna : si j'étais mathématicien ou chimiste. Je lui dis que non.

« "Étrange, murmura-t-il. Dans votre fièvre, vous avez toujours crié de si étranges formules — c3, c4. Personne ici n'y a rien compris."

« Je m'enquis de ce qui m'était arrivé. Il eut un sourire bizarre.

« "Rien de sérieux. Une irritation aiguë des nerfs", et il ajouta à voix basse, après avoir jeté un regard prudent alentour : "Irritation finalement tout à fait compréhensible. Depuis le 13 mars, n'est-ce pas ?"

« Je fis oui de la tête.

« "Rien de surprenant, vu cette méthode, murmura-t-il. Vous n'êtes pas le premier. Mais ne vous faites pas de souci."

« À sa façon de me souffler cela pour me tranquilliser, et grâce à son regard bienveillant, je sus qu'avec lui j'étais en de bonnes mains.

« Deux jours plus tard, ce bon docteur m'expliqua sans grand détour ce qui s'était passé. Le gardien m'avait entendu crier fort dans ma cellule et avait d'abord cru que quelqu'un y avait pénétré, avec qui je me disputais. Mais à peine s'était-il montré à la porte que je m'étais jeté sur lui en lui lançant des imprécations furieuses, du genre "Mais joue donc, salopard, espèce de lâche !" en tentant de le prendre à la gorge et en l'agressant pour finir si sauvagement qu'il avait dû appeler à l'aide. Lorsque, dans cet état de rage, on m'avait ensuite emmené pour me faire examiner par un médecin, je m'étais soudain dégagé, précipité sur une fenêtre du couloir et, en défonçant une vitre, je m'étais fait de graves coupures à la main — vous voyez encore cette profonde cicatrice, là. J'avais passé mes premières nuits à l'hôpital dans une sorte de fièvre cérébrale, mais à présent le médecin estimait que mon système nerveux était tout à fait normal. "Certes, ajouta-t-il à voix basse, je me garderai d'en informer ces messieurs, sinon l'on finirait par venir vous chercher pour vous ramener là-bas. Faites-moi confiance, je ferai de mon mieux."

« J'ignore ce que ce secourable praticien a pu faire sur moi comme rapport à mes tortionnaires. En tout cas il obtint ce qu'il voulait : ma libération. Il se peut qu'il m'ait déclaré irresponsable, ou peut-être qu'entre-temps j'étais déjà devenu inintéressant pour la Gestapo, car Hitler avait depuis lors occupé la Bohême, et le cas de l'Autriche était du même coup réglé à ses yeux. Ainsi, je n'eus qu'à signer l'engagement de quitter notre patrie dans les quinze jours, et ces quinze jours furent tellement occupés par les mille formalités qu'on doit accomplir aujourd'hui pour sortir de son pays, alors qu'on était naguère citoyen du monde — papiers militaires, police, impôts, passeport, visa, certificat médical —, que je n'eus pas le temps de repenser beaucoup à ce qui s'était passé. Dans notre cerveau sont apparemment à l'œuvre des forces mystérieusement régulatrices qui mettent d'elles-mêmes hors circuit ce qui pourrait devenir fâcheux et dangereux pour l'âme, car chaque fois que je m'apprêtais à repenser à mon séjour en cellule, c'était comme si la lumière s'éteignait dans mon cerveau ; c'est seulement après des semaines et des semaines, ce n'est en fait qu'ici sur ce bateau, que j'ai retrouvé le courage de réfléchir à ce qui m'était arrivé.

« Et vous comprendrez à présent pourquoi je me suis conduit avec vos amis d'une manière aussi déplacée et sans doute incompréhensible. Car je déambulais tout à fait par hasard dans le fumoir lorsque j'ai vu ces amis attablés devant un échiquier ; malgré moi j'ai senti mon pied prendre racine, d'étonnement et d'effroi. J'avais en effet totalement oublié qu'on pouvait jouer aux échecs sur un échiquier réel et avec de vraies pièces, oublié que, dans ce jeu, peuvent se faire face physiquement deux individus complètement différents. Il me fallut véritablement quelques minutes pour me rappeler que ce que faisaient ces joueurs était au fond le même jeu que celui que, dans mon désarroi, j'avais expérimenté pendant des mois contre moi-même. Les sigles auxquels j'avais recouru pendant mes exercices acharnés n'avaient été que des substituts et des symboles de ces pièces sculptées ; en voyant que leurs déplacements sur le bois étaient la même chose que ce que j'avais imaginé dans un espace abstrait, ma surprise était peut-être semblable à celle d'un astronome qui a conclu sur le papier, par les méthodes les plus complexes, à l'existence d'une nouvelle planète et qui ensuite l'aperçoit réellement dans le ciel sous la forme d'un astre blanc, limpide et substantiel. Retenu comme par un aimant, je fixais l'échiquier et y voyais mes fantômes, cavaliers, tours, rois, dames et pions sous forme de pièces réelles, taillées dans le bois ; pour avoir une vue d'ensemble de la partie, il fallait que je commence par la retransposer involontairement de mon univers de sigles abstraits dans celui des pièces mobiles. Je me sentis peu à peu envahi par la curiosité d'observer une telle partie réelle entre deux partenaires. Et c'est là que j'ai commis la gaffe, en dépit de toute politesse, de me mêler de votre partie. Mais l'erreur qu'allait commettre votre ami m'a atteint comme un coup au cœur. C'était un acte purement instinctif que de le retenir, un geste impulsif, comme quand on retient sans réfléchir un enfant qui se penche par-dessus une balustrade. Ce n'est qu'ensuite que j'ai eu conscience de la grossière inconvenance dont je m'étais rendu coupable en intervenant. »

Je m'empressai d'assurer au docteur B. que nous avions tous été très heureux de devoir à ce hasard le plaisir de faire sa connaissance, et que pour ma part, après tout ce qu'il venait de me confier, je prendrais à présent un intérêt redoublé à le voir participer le lendemain au tournoi improvisé. Le docteur B. eut un geste d'inquiétude.

« Non, vraiment, n'en attendez pas trop. Je l'entends uniquement comme un test pour moi... un test pour voir... si je suis tout bonnement capable de jouer une partie d'échecs normale, une partie sur un échiquier réel, avec des pièces matérialisées et un partenaire vivant... Car je me demande maintenant de plus en plus si ces centaines, voire ces milliers de parties que j'ai jouées étaient effectivement des parties réelles, ou si ce n'était pas simplement une sorte de jeu d'échecs rêvé dans la fièvre, où les étapes étaient sautées, comme toujours en rêve. J'espère que vous n'allez pas sérieusement m'estimer capable de prétendre que je puis tenir tête à un champion d'échecs, et encore moins au premier du monde. Ce qui m'intéresse et m'intrigue, c'est uniquement une curiosité rétrospective : savoir si ce qui se passait naguère dans ma cellule, c'était encore des échecs ou déjà de la folie, si je me trouvais là encore au bord ou bien déjà au-delà du dangereux à-pic — c'est cela seulement, et rien d'autre. »

À l'extrémité du navire retentit à cet instant le gong qui appelait au dîner. Le docteur B. m'avait tout raconté beaucoup plus en détail que je ne le résume ici, et nous avions dû passer près de deux heures à parler. Je le remerciai chaleureusement et je pris congé. Mais je n'avais pas encore parcouru tout le pont qu'il me rattrapait et ajoutait, visiblement nerveux et bafouillant même quelque peu :

« Une chose encore ! Voudriez-vous informer d'avance ces messieurs, afin qu'ensuite je ne paraisse pas impoli : je ne jouerai qu'une seule partie... Elle doit n'être rien d'autre que le trait final sous une longue addition — pour solde de tout compte, et non un nouveau début... Je ne voudrais pas me retrouver une seconde fois dans cette fièvre passionnée du jeu, à laquelle je ne puis repenser qu'avec horreur... et du reste... et du reste le médecin, au moment, m'a mis en garde... expressément mis en garde. Tout homme qui a été atteint d'une manie reste à jamais en danger, et quand on a eu une intoxication d'échecs — même une fois guérie — mieux vaut ne plus s'approcher d'un échiquier... Alors, vous comprenez... Juste cette partie-test pour moi-même, et pas davantage. »

À l'heure convenue exactement, trois heures, nous étions réunis le lendemain au fumoir. Notre cercle s'était encore accru de deux amateurs du jeu royal, deux officiers du bord qui avaient demandé à être dispensés de leur quart pour assister au tournoi. Czentovic non plus ne se fit pas attendre comme la veille et, après l'obligatoire choix des couleurs, débuta la mémorable partie de cet *homo obscurissimus* contre le célèbre champion du monde. Je regrette qu'elle n'ait été jouée que pour nous, spectateurs tout à fait incompétents, et que son déroulement soit perdu pour les annales de l'art des échecs, tout comme pour la musique les improvisations de Beethoven au piano. Nous avons bien tenté, les après-midi suivants, de reconstituer la partie en commun, de mémoire, mais en vain ; sans doute avions-nous prêté trop passionnément attention aux deux joueurs, plutôt que de suivre la marche du jeu. En effet, le contraste intellectuel entre les attitudes des deux partenaires, au cours de la partie, se marqua de plus en plus physiquement. Czentovic, l'habitué des tournois, demeura tout ce temps immobile comme un bloc, les yeux rigoureusement et fixement baissés sur l'échiquier ; la réflexion paraissait être chez lui un effort carrément corporel, qui contraignait tous ses organes à la plus extrême concentration. Le docteur B., en revanche, bougeait d'une manière parfaitement dégagée et décontractée. En véritable dilettante au plus beau sens du terme, ne savourant dans le jeu que le jeu lui-même, le *diletto*, il laissait son corps complètement détendu, il bavarda avec nous pour nous donner des explications pendant les premiers temps de réflexion, s'allumant une cigarette d'une main légère et ne regardant l'échiquier, une minute, que quand c'était son tour de jouer. Chaque fois, il avait l'air d'avoir déjà prévu d'avance le coup de l'adversaire.

Les ouvertures obligées se passèrent assez rapidement. Ce n'est qu'au septième ou huitième coup que sembla se développer quelque chose comme un plan défini. Czentovic allongea ses temps de réflexion ; cela nous fit sentir que le combat proprement dit, pour s'assurer l'avantage, commençait à s'engager. Mais, à dire vrai, l'évolution progressive de la situation, comme dans toute vraie partie de tournoi, était pour nous profanes assez décevante. Car plus les pièces se mélangeaient en formant un étrange ornement, plus le véritable état de la bataille devenait pour nous impénétrable. Nous n'étions capables de voir ni quelles étaient les intentions de chaque adversaire, ni lequel des deux avait en fait l'avantage. Nous remarquions juste que telles et telles pièces s'avançaient comme des leviers pour faire une brèche dans le front ennemi, mais nous étions incapables — comme chaque déplacement était combiné, chez ces grands joueurs, avec plusieurs coups d'avance — de saisir l'intention stratégique de ces allées et venues. À quoi s'ajouta peu à peu une lassitude paralysante, due principalement aux temps infinis que prenait Czentovic et qui commencèrent visiblement à irriter aussi notre ami. J'observai avec inquiétude que, plus la partie se prolongeait, plus il se mettait à s'agiter sur sa chaise, tantôt allumant nerveusement une cigarette après l'autre, tantôt saisissant un crayon pour noter quelque chose. Puis il commanda une eau minérale, qu'il avala fébrilement verre après verre ; manifestement, il combinait ses coups cent fois plus vite que Czentovic. Chaque fois que celui-ci, au terme d'une interminable réflexion, se décidait à avancer une pièce de sa lourde main, notre ami souriait juste comme quelqu'un qui voit se produire ce qu'il attendait depuis longtemps, et il ripostait déjà. Avec la vitesse à laquelle travaillait son esprit, il devait avoir calculé d'avance toutes les possibilités qui s'offraient à son adversaire ; donc, plus la décision de Czentovic se faisait attendre, plus son impatience augmentait et, tandis qu'il attendait, on voyait s'imprimer autour de ses lèvres un trait d'irritation quasi hostile. Mais Czentovic ne se laissait nullement presser. Il réfléchissait, muet et buté, et prenait des temps de plus en plus longs, à mesure que l'échiquier se vidait de ses pièces. Au quarante-deuxième coup, après au moins deux heures trois quarts de jeu, nous étions déjà tous fatigués et restions assis autour de la table du tournoi avec ce qui était presque de l'indifférence. L'un des officiers du bord était déjà parti, un autre s'était mis à lire un livre et ne levait les yeux un instant qu'à chaque changement. Mais soudain, au moment où Czentovic jouait, se produisit l'inattendu. Dès que le docteur B. vit que son adversaire prenait son cavalier pour l'avancer, il se ramassa sur lui-même comme un chat qui va bondir. Il se mit à trembler de tout son corps et à peine Czentovic eut-il avancé son cavalier que lui poussa résolument sa dame en avant et dit très fort, triomphant : « Voilà ! Fichu ! » et il se rejeta contre son dossier, croisa les bras sur sa poitrine et jeta à Czentovic un regard de défi. Une lueur de braise ardente s'allumait soudain dans sa pupille.

Involontairement, nous nous penchâmes sur l'échiquier pour comprendre le coup annoncé de façon si triomphante. À première vue, aucune menace directe n'était visible. Ce qu'avait dit notre ami devait donc se rapporter à un développement que nous ne pouvions pas encore calculer, nous autres amateurs à courte vue. Czentovic était le seul parmi nous qui, à cette annonce qui le provoquait, n'avait pas bougé ; il restait assis, inébranlable, comme s'il n'avait pas entendu l'insultant « Fichu ! ». Rien ne se passait. Comme nous retenions tous malgré nous notre souffle, on entendait tout d'un coup le tic-tac du réveil qu'on avait posé sur la table pour déterminer le temps entre les coups. Trois minutes passèrent, sept minutes, huit minutes — Czentovic ne bougeait pas, mais il me sembla que sous l'action d'un effort intérieur ses grosses narines se dilataient encore. À notre ami, cette attente muette semblait être tout aussi insupportable qu'à nous-mêmes. D'un coup de reins il se leva soudain, et il se mit à aller et venir dans le fumoir, d'abord lentement, puis plus vite, et de plus en plus vite. Nous le regardions tous avec quelque étonnement, mais personne avec plus d'inquiétude que moi, car je remarquai que ses pas, si énergiques qu'ils fussent, n'arpentaient toujours que la même portion d'espace, comme si chaque fois, au milieu de la salle vide, il se heurtait à une barrière invisible qui le forçait à faire demi-tour. Et je frémis en me rendant compte que ce va-et-vient reproduisait inconsciemment les dimensions de sa cellule de naguère ; c'est exactement ainsi qu'il avait dû, pendant ses mois de détention, courir dans un sens puis dans l'autre comme une bête en cage, les mains crispées de la sorte et les épaules voûtées ; c'est ainsi et jamais autrement qu'il avait dû y tourner mille fois en rond, avec les lueurs rouges de la folie dans son regard fixe et néanmoins fiévreux. Mais ses facultés semblaient encore tout à fait intactes, car de temps à autre il se tournait impatiemment vers la table, pour voir si entre-temps Czentovic s'était décidé. Neuf minutes passèrent, qui devinrent dix minutes. Enfin arriva ce à quoi nul d'entre nous ne s'était attendu. Czentovic souleva lentement sa lourde main, qui jusque-là reposait immobile sur la table. Nous guettions tous anxieusement ce qu'il avait décidé de faire. Mais Czentovic ne joua pas un coup, du dos de la main il poussa résolument toutes les pièces hors de l'échiquier. Il nous fallut un instant pour comprendre : il abandonnait la partie. Il avait capitulé, pour ne pas être mis échec et mat sous nos yeux à tous. L'invraisemblable s'était produit, le champion du monde, le vainqueur d'innombrables tournois avait rendu les armes face à un inconnu, à un homme qui n'avait pas touché à un échiquier depuis vingt ou vingt-cinq ans. Notre ami l'*anonymus*, l'*ignotus*, avait battu le meilleur joueur d'échecs du monde en combat public !

Sans y prendre garde, dans notre excitation nous nous étions levés l'un après l'autre. Chacun d'entre nous avait le sentiment de devoir dire ou faire quelque chose, afin de laisser exploser notre joyeux effarement. Le seul à persister dans son calme impassible était Czentovic. C'est seulement après avoir laissé un temps qu'il leva la tête et fixa sur notre ami un regard minéral.

« Encore une partie ? demanda-t-il.

— Naturellement », répondit le docteur B. avec un enthousiasme qui me déplut, et il s'assit avant que j'eusse pu lui rappeler sa résolution de s'en tenir à une seule partie, et avec une hâte fébrile il entreprit de remettre les pièces en place. Il les rassembla avec une telle nervosité que, par deux fois, un pion échappa à ses doigts tremblants et tomba par terre ; la pénible gêne que m'avait déjà causée sa surexcitation fit place à une sorte d'angoisse. Car une exaltation visible s'était emparée de cet être auparavant si calme et silencieux ; le tressaillement près de sa bouche était de plus en plus fréquent et son corps était comme secoué par une forte fièvre.

« Non ! lui soufflai-je. Pas maintenant ! Restez-en là pour aujourd'hui ! C'est pour vous trop de fatigue.

— Fatigue ! s'exclama-t-il avec un rire méchant. J'aurais pu jouer dix-sept parties, le temps de lambiner comme ça ! Ce qui me fatigue, c'est de ne pas m'endormir, à un rythme pareil ! Eh bien, commencez donc ! »

Ces derniers mots étaient adressés à Czentovic sur un ton véhément, à la limite de la grossièreté. L'autre le regarda calmement et posément, mais la fixité de son regard minéral avait quelque chose d'un poing serré. Tout d'un coup, il y avait quelque chose de nouveau entre les deux joueurs : une dangereuse tension, une haine passionnée. Ce n'étaient plus deux partenaires voulant mesurer dans un jeu leurs capacités respectives, mais deux ennemis qui s'étaient juré de s'anéantir mutuellement. Czentovic hésita longtemps avant de jouer son premier coup, et j'eus le sentiment très net qu'il le faisait exprès. Manifestement, ce tacticien chevronné avait déjà discerné que c'était sa lenteur qui lassait et exaspérait l'adversaire. Aussi ne mit-il pas moins de quatre minutes avant de choisir l'ouverture la plus normale et la plus simplette de toutes, en avançant le pion du roi des deux cases habituelles. Notre ami vint aussitôt le bloquer avec son propre pion du roi, mais de nouveau Czentovic prit un temps infini, à peine encore supportable ; c'était comme lorsqu'on a vu tomber un gros éclair et que, le cœur battant, on attend le tonnerre, et le tonnerre tarde à venir. Czentovic ne bougeait pas. Il réfléchissait en silence, avec lenteur, une lenteur dont j'étais de plus en plus certain qu'elle était méchante ; mais du coup il me donnait tout le temps d'observer le docteur B. Celui-ci venait de vider d'un trait son troisième verre d'eau ; je me souvins malgré moi qu'il m'avait parlé de la soif intense qu'il avait eue dans sa cellule. Il présentait tous les symptômes d'une excitation pathologique ; je voyais son front se couvrir de sueur et la cicatrice de sa main devenir rouge et saillante. Mais il se dominait encore. C'est seulement au quatrième coup, Czentovic n'en finissant pas de réfléchir, qu'il n'y tint plus et lui cracha soudain :

« Eh bien, jouez donc, enfin ! »

Czentovic leva un regard froid. « Nous sommes convenus, que je sache, de dix minutes à chaque coup. Par principe je n'accepte jamais un temps plus court. »

Le docteur B. se mordit la lèvre ; je notai que, sous la table, sa semelle martelait le sol avec une nervosité accrue, et moi-même j'étais de plus en plus oppressé en sentant que se préparait chez lui quelque acte insensé. Effectivement, au huitième coup se produisit un deuxième incident. Se dominant de moins en moins dans son attente, le docteur B. ne pouvait plus maîtriser sa tension ; il changeait sans cesse de position sur sa chaise et ses doigts se mirent malgré lui à tambouriner sur la table. De nouveau, Czentovic leva sa lourde tête de paysan.

« Puis-je vous prier d'arrêter de faire ce bruit ? Il me dérange. Je suis incapable de jouer.

— Ha ! » dit le docteur B. avec un rire bref. « En effet. »

Czentovic eut soudain le front rouge. « Que voulez-vous dire ? » demanda-t-il, incisif et méchant.

Le docteur B. eut de nouveau un rire bref et acerbe. « Rien. Juste que vous êtes visiblement très nerveux. »

Czentovic ne dit mot et baissa de nouveau la tête. Il mit sept minutes à jouer son coup suivant, et la partie traîna en longueur à ce rythme exténuant. De plus en plus, Czentovic se minéralisait quasiment ; il finit par imposer toujours le maximum du temps de réflexion convenu avant de se décider à jouer, et d'un intervalle à l'autre le comportement de notre ami devint plus bizarre. On aurait dit qu'il ne s'intéressait plus du tout à la partie et qu'il était préoccupé par tout autre chose. Il cessa d'aller et venir fébrilement et demeura immobile à sa place. Fixant dans le vide devant lui un regard vitreux et quasi dément, il marmonnait sans cesse des paroles incompréhensibles ; ou bien il se perdait dans des combinaisons sans fin, ou bien il élaborait — c'est ce que je soupçonnais au fond — de tout autres parties, car chaque fois que Czentovic avait enfin joué, on devait le rappeler à l'ordre pour qu'il revînt de son absence. Il lui fallait alors toujours quelques minutes pour se remettre au fait de la situation ; j'eus de plus en plus le soupçon qu'il avait en fait depuis longtemps oublié Czentovic et nous tous, dans cette forme de folie froide qui pouvait se décharger soudain sous la forme d'on ne savait quelle violence. Et effectivement, au dix-neuvième coup, la crise éclata. À peine Czentovic eut-il déplacé sa pièce que le docteur B., sans vraiment regarder l'échiquier, avança brusquement son fou de trois cases en criant si fort que nous sursautâmes tous :

« Échec ! Échec au roi ! »

Nous attendant à un coup extraordinaire, nous regardâmes aussitôt l'échiquier. Mais au bout d'une minute, il arriva ce que nul d'entre nous n'attendait. Czentovic leva très, très lentement la tête et regarda — ce qu'il n'avait jamais fait jusque-là — l'un après l'autre tous ceux qui faisaient cercle. Il avait l'air de savourer infiniment quelque chose, car progressivement ses lèvres arborèrent un sourire satisfait et nettement sardonique. Une fois qu'il eut joui jusqu'au bout de son triomphe, pour nous encore incompréhensible, il s'adressa à notre cercle avec une feinte politesse.

« Je regrette, mais je ne vois pas d'échec. Est-ce qu'un de ces messieurs, peut-être, voit mon roi en échec ? »

Nous regardâmes l'échiquier, puis, avec inquiétude, le docteur B. La case du roi de Czentovic était effectivement — un enfant l'aurait vu — absolument protégée du fou par un pion, il n'y avait donc pas d'échec au roi possible. Nous fûmes troublés. Est-ce que notre ami, dans sa fébrilité, avait mal placé une pièce, l'avançant trop ou pas assez ? Alerté par notre silence, le docteur B. se mit à son tour à regarder fixement l'échiquier et commença à bredouiller :

« Mais le roi devrait être en f7... il n'est pas à sa place, pas du tout. Vous avez fait une erreur ! Tout est faux, sur cet échiquier... le pion devrait être en g5, enfin, et non en g4... c'est une tout autre partie... C'est... »

Il se tut brusquement. Je l'avais saisi vigoureusement par le bras, ou plutôt je l'avais pincé si fort que, même dans sa confusion enfiévrée, il ne pouvait pas ne pas le sentir. Il se tourna vers moi avec un regard de somnambule :

« Qu'est-ce... qu'est-ce que vous voulez ? »

Je lui dis seulement « *Remember*[1] *!* » en passant mon doigt sur la cicatrice de sa main. Il suivit malgré lui mon geste, son œil se fixa, vitreux, sur la trace rouge sang. Puis il se mit soudain à trembler et un frisson lui parcourut tout le corps.

« Grand Dieu, dit-il, les lèvres pâles. Ai-je dit ou fait quelque chose d'insensé... est-ce que finalement je suis de nouveau... ?

— Non, lui dis-je en chuchotant. Mais il faut que vous arrêtiez immédiatement la partie, il est grand temps. Rappelez-vous ce que le médecin vous a dit ! »

Le docteur B. se leva brusquement. « Je vous prie d'excuser ma stupide erreur », dit-il en retrouvant sa voix polie d'avant et en s'inclinant devant Czentovic. « C'est naturellement une pure absurdité que j'ai dite là. Il va de soi que la partie est la vôtre. » Puis il se tourna vers nous. « Je dois aussi des excuses à ces messieurs. Mais je vous avais d'emblée prévenus qu'il ne fallait pas trop attendre de moi. Pardonnez-moi de m'être ainsi couvert de ridicule... c'est la dernière fois que j'aurai tâté des échecs. »

Il s'inclina et s'éloigna, de la même manière modeste et mystérieuse dont il était apparu la première fois. J'étais seul à savoir pourquoi cet homme ne toucherait plus jamais à un échiquier, tandis que les autres restaient là quelque peu décontenancés, avec le vague sentiment d'avoir échappé de justesse à quelque chose de déplaisant et de dangereux. « *Damned fool*[1] *!* » gronda McConnor dépité. Czentovic fut le dernier à se lever de sa chaise et jeta encore un coup d'œil à la partie à moitié finie.

« Dommage, dit-il, magnanime. L'attaque n'était pas mal conçue du tout. Pour un amateur, ce monsieur a en réalité un don peu banal. »

DOSSIER

CHRONOLOGIE

1881. ***28 novembre*** **: naissance de Stefan Zweig à Vienne**, au 14 du Schottenring, second fils de Moritz Zweig (né en 1845) et Ida Brettauer (née en 1854).

1887-1892. École primaire de la Weidertorgasse à Vienne.

1892-1900. Lycéen au Maximilian Gymnasium (aujourd'hui lycée Wasagasse, dans le IXe arrondissement de Vienne).

1895. Déménagement de la famille Zweig au numéro 17 de la Rathausstrasse, dans le Ier arrondissement de Vienne.

1896. Publication des premiers poèmes, sous le pseudonyme d'Ewald Berger, dans la revue munichoise *Die Gesellschaft*.

1897-1898. Premières productions littéraires dans les revues berlinoises *Die Zukunft* et *Deutsche Dichtung*. Travaille à des traductions, peut-être à des nouvelles. Premières lettres au poète belge Émile Verhaeren, lui demandant s'il l'autorise à traduire ses poèmes. Début de la correspondance avec Karl Emil Franzos.

1899. Plusieurs poèmes publiés dans la revue *Deutsche Dichtung*.

1900. *Juillet* : reçu au baccalauréat (*Matura*). Publication d'une première nouvelle de Zweig dans la presse, *Rêves oubliés*.
Inscription à l'université de Vienne en philosophie et en histoire de la littérature.

Octobre-novembre : publication de la nouvelle *Printemps au Prater.*

1901. *Février* : publie un article sur le poète Peter Altenberg dans la revue *Stimmen der Gegenwart*.
Août : publication de la nouvelle *Dans la neige*.
Novembre : publication des nouvelles *Un redoublant* et *Deux solitudes*.
Publication d'un premier recueil de poésies, *Cordes d'argent*.
Premiers contacts avec Theodor Herzl.

1902. Premières publications dans la *Neue Freie Presse* de Vienne.
Printemps : quitte Vienne pour Berlin.
Avril : publication de la nouvelle *Le Voyage*.
Avril-juillet : inscription à l'université de Berlin pour le semestre d'été.
Juillet-août en Belgique, puis à Paris. Rencontre Verhaeren (Ostende, Bruges).
Septembre-décembre à Vienne. Emménage au numéro 6 de la Tulpengasse.
Traduction des *Poèmes en vers et en prose* de Baudelaire en collaboration avec son ami Camill Hoffmann. Zweig rédige l'introduction.

1903. *Janvier-juillet* à Vienne.
Été : travaille à la thèse sur Hippolyte Taine.
Août : Paris, puis île de Bréhat.
Septembre-décembre à Vienne.

1904. *Juillet* : obtention d'un doctorat de philosophie à l'université de Vienne. Séjour à Marienbad.
Août : Heyst, Ostende et Bruges en Belgique.
Septembre à Vienne.
Septembre-octobre : publication de la nouvelle *L'Amour d'Erika Ewald*.
Mi-novembre : début d'un séjour de six mois à Paris. Voyage en Bretagne. Rencontre de Verhaeren, et séjour au Caillou-qui-bique.
Parution d'un recueil intitulé *L'Amour d'Erika Ewald*, comprenant, outre la nouvelle donnant son titre au volume, *L'Étoile au-dessus de la forêt*, *Le Voyage* et *Les Miracles de la vie*.

1905. *Mi-février* : voyage en Provence, en Espagne et en Algérie. Rencontre Hermann Hesse au retour.
Quitte Paris *début juin*.
Juin-juillet à Vienne.
Août-septembre en Italie (Tirano, Florence). Travaille à la pièce de théâtre *Thersite*.
De retour à Vienne d'*octobre à décembre*.
Parution d'un choix de poèmes de Verlaine présentés par Stefan Zweig.

1906. *Janvier* : publication de la nouvelle *La Croix*.
Fin avril : séjour de quatre mois en Grande-Bretagne, à Londres, Oxford et York, puis en Écosse. Achat de gravures et de dessins.
Août : retour *via* Ostende, les Pays-Bas et Berlin. Publication de *Petite nouvelle d'été*.
Automne à Vienne.
Décembre en Italie (Merano, Rome).
Parution d'un second recueil de poèmes, *Les Couronnes précoces*. Début de la collaboration avec les Éditions Insel Verlag.

1907. *Février* : emménage dans un appartement au 8 de la Kochgasse (VIIIe arrondissement de Vienne).
Début des relations avec Arthur Schnitzler.
Avril à Berlin.
Été à Vienne.
Octobre-novembre : séjour en Italie (Rome, Bagni di Lucca).
Décembre à Vienne. Publication de la nouvelle *La Gouvernante*.
Parution de *Thersite*, tragédie en trois actes.
Parution d'une anthologie de poèmes de Rimbaud traduits par K. L. Ammet et introduits par Stefan Zweig.
Lecture du premier volume du roman de Romain Rolland, *Jean-Christophe*.

1908. *Mai-juin* : publication des nouvelles *Fièvre écarlate* et *Une histoire au crépuscule*.
Août en Belgique chez Verhaeren.
Automne à Vienne.

28 novembre : première de la pièce *Thersite* à Dresde et à Kassel.
Novembre : départ en Asie pour un voyage de cinq mois.
Décembre à Bombay.
Parution d'une anthologie de textes de Balzac (*Balzac : le monde vu depuis son œuvre*), avec une introduction de Stefan Zweig.

1909. *Janvier* à Calcutta, puis Rangoon.
Février à Tiruchirapalli.
Mars : retour des Indes, travaille au livre sur Verhaeren.
Été à Vienne.
Fin août en cure à Saint-Blaise (Forêt-Noire).
Novembre à Breslau.

1910. *1er mai* : début de la relation épistolaire avec Romain Rolland. Cinq cent vingt lettres écrites par Zweig à ce dernier seront retrouvées ; Rolland en rédigera deux cent soixante-dix-sept.
Été : voyage à Paris, puis à Ostende. Rencontre de Verhaeren.
Septembre : publication de la nouvelle *Histoire d'un naufrage*.
Novembre : bref séjour à Merano.
Parution de la monographie sur Verhaeren.

1911. *Janvier* : rencontre à Paris de Romain Rolland.
Février-avril : voyage en Amérique du Nord, puis à Cuba, à Porto Rico, enfin au Panama.
Automne à Berlin.
Travail sur Dostoïevski et rédaction de la pièce *La Maison au bord de la mer*.
Parution de la pièce *Le Comédien métamorphosé*.
Parution du recueil de nouvelles *Première expérience*. *Histoires du pays d'enfance*, comprenant *Une histoire au crépuscule*, *La Gouvernante*, *Brûlant secret* et *Petite nouvelle d'été*.

1912. *Premier trimestre* : tournée de conférences sur et avec Verhaeren en Allemagne.
Avril à Baden (Autriche).

5 mai : première du *Comédien métamorphosé* à Breslau.
Juillet : début discret de la relation avec Friderike Maria von Winternitz, encore mariée.
Août à Paris.
13 septembre : première publication, sous le titre « Grouchy », de la miniature historique « La Minute universelle de Waterloo ».
Septembre à Baden (Autriche).
26 octobre-29 novembre : sept représentations de *La Maison au bord de la mer* au Hofburgtheater de Vienne.
Voyage à Lübeck (Land de Schleswig-Holstein).
Traduction des *Hymnes à la vie* de Verhaeren.
Première publication, sous le titre « Le Martyr. Dostoïevski », de la miniature historique « Instant héroïque ».

1913. *Mars-avril* : séjour de six semaines à Paris. Liaison avec une modiste prénommée Marcelle.
Août-septembre : publication de la nouvelle *Angoisses*.
Octobre à Merano.
Novembre en Sicile (Palerme), puis à Rome.

1914. *28 janvier* : première publication, sous le titre « Le Dernier Voyage du capitaine Scott », de la miniature historique « La Lutte pour la conquête du pôle Sud ».
Janvier à Berlin.
Mars : un mois à Paris.
Juillet : publication de la nouvelle *Rue du Clair de lune*. Rencontre de Verhaeren en Belgique. Retour en urgence à Vienne le *31 juillet*.
N'ayant pas effectué son service militaire, Zweig se porte volontaire et fait ses classes à Klosterneuburg.
19 septembre : lettre publique « Aux amis de l'étranger » dans le *Berliner Tageblatt*.
Octobre à Baden, puis à Vienne.
1er décembre : enrôlé aux archives militaires de la Stiftskaserne de Vienne.
25 décembre à Baden (Autriche).

1915. Première permission passée avec Friderike.
Juillet : envoyé en Galicie, où il fait l'expérience du front.
Fin juillet : retour à Vienne.
Travaille sur Dostoïevski. Commence la pièce pacifiste *Jérémie*.
Romain Rolland reçoit le prix Nobel.

1916. *Printemps-automne* : installé avec Friderike à Rodaun, dans la banlieue sud de Vienne.
Travaille à *Jérémie*.
Été : rédige la nouvelle *Wondrak*, demeurée inachevée.
Octobre à Salzbourg.
27 novembre : mort accidentelle de Verhaeren à Rouen.
Décembre : publication de la nouvelle *La Légende de la troisième colombe*.

1917. Devient actionnaire de la firme Moritz Zweig.
Parution de *Jérémie* à *Pâques*.
Juillet : publication de la nouvelle *La Femme et le Paysage*.
5 novembre : départ pour la Suisse (Zurich).
Rencontre Romain Rolland, Pierre Jean Jouve, Frans Masereel, James Joyce, Hermann Hesse, René Schickele, Henri Guilbeaux.
Achat de la maison sur le Kapuzinerberg à Salzbourg.

1918. Libéré des obligations militaires. Travaille en Suisse pour la *Neue Freie Presse*.
Janvier à Saint-Moritz.
27 février : création de *Jérémie* à Zurich.
Mars : s'installe pour un an à l'hôtel Belvoir de Rüschlikon, à côté de Zurich.
Septembre à Montreux.
Retour à Zurich après la signature de l'armistice.
25 décembre : première de *Légende d'une vie* à Hambourg.
Travaille sur Dostoïevski.

1919. *Fin mars* : retour à Vienne.

Printemps : s'installe à Salzbourg avec Friderike dans la maison du Kapuzinerberg.
Juillet : publication de la nouvelle *Épisode au lac de Genève*.
Voyage à Leipzig. Rencontre Anton Kippenberg, le directeur des Éditions Insel Verlag.
Novembre : retour à Salzbourg.
Conférences et lectures sur Romain Rolland à Berlin, Hambourg, Kiel.
Traité de Saint-Germain-en-Laye : l'Empire austro-hongrois est démantelé. Création de la république d'Autriche. Création de la Société des Nations.

1920. *28 janvier* : mariage de Stefan et de Friderike (représentée par un tiers) à l'hôtel de ville de Vienne.
Voyages en Allemagne.
Parution de *Trois maîtres* (essais sur Balzac, Dickens et Dostoïevski).
Parution du livre sur Marceline Desbordes-Valmore.
Parution de la nouvelle *Obsessions* en volume chez Insel Verlag, illustrée de dix gravures sur bois de Frans Masereel.

1921. *Mai* : publication de la nouvelle *Les Yeux du frère éternel*.
Voyages en Suisse et en Allemagne.
Été à Salzbourg.
Novembre à Berlin.
Voyage en Italie.
Rédige et publie la biographie de Romain Rolland.
Rencontre ses parents à Marienbad et Reichenberg (en Tchécoslovaquie).
Parution des romans de Dostoïevski, préfacés par Zweig.

1922. *Janvier* : publication de la nouvelle *Lettre d'une inconnue*.
Mars : voyage en France (Paris).
Mai-juin : publication des nouvelles *La Nuit fantastique* et *Amok*.
Parution du recueil *Amok. Nouvelles d'une passion*, comprenant, outre le texte donnant son titre au

volume, *Lettre d'une inconnue, La Femme et le Paysage, La Nuit fantastique, Rue du Clair de lune*.
Parution des *Œuvres choisies* de Verlaine, avec une introduction de Zweig.
Parution de la traduction du roman de Romain Rolland, *Clérambault*.

1923. *Été* : voyage en Allemagne (Munich, Leipzig, Hambourg, île de Sylt).
Août : visite de Romain Rolland à Salzbourg.
2 septembre : première publication de la miniature historique « Jour mémorable. Le Centième Anniversaire de l'*Élégie de Marienbad* ».
Parution de la monographie sur Frans Masereel.
Parution des *Portraits* de Sainte-Beuve, préfacés par Zweig.

1924. *Début janvier* à Vienne.
Voyage à Paris *fin janvier*. Rencontre des éditeurs français.
Mai à Vienne avec Romain Rolland.
Juillet : séjour à Boulogne-sur-Mer. Visite de la cathédrale d'Amiens.
Novembre à Paris avec Friderike.
Parution d'un volume de *Poésies complètes*.

1925. *Février-mars* : conférences, puis séjour en Allemagne.
Mai : publication de la nouvelle *La Collection invisible*.
Juin à Leipzig et à Weimar avec Romain Rolland.
Août : séjour en montagne à Zell am See (dans le Land de Salzbourg), où Zweig semble s'être attelé à la rédaction d'*Ivresse de la métamorphose*, roman demeuré inachevé.
Novembre à Marseille. Adapte *Volpone* de Ben Jonson.
Visite à Romain Rolland en Suisse.
Décembre : publication de la nouvelle *Vingt-quatre heures de la vie d'une femme*.
Parution de *La Lutte avec le démon* (essais sur Hölderlin, Kleist et Nietzsche).

1926. *2 mars* : mort de Moritz Zweig, le père de l'écrivain.
Voyage dans le Midi de la France avec Friderike.

Travaille à la longue nouvelle *Confusion des sentiments*.
25 avril : première publication, sous le titre « Le Film d'une vie fantastique », de la miniature historique « La Découverte de l'Eldorado ».
6 novembre : création de *Volpone* au Burgtheater de Vienne.
Décembre à Berlin, puis Duisburg.
29 décembre : mort de Rainer Maria Rilke.
Liber amicorum pour les soixante ans de Romain Rolland.

1927. *20 février* : prononce l'éloge funèbre de Rilke au Staatstheater de Munich.
Mars : publication de la nouvelle *Rachel dispute avec Dieu*.
Avril : publication de la nouvelle *Les Deux Sœurs*.
Août à Zuoz dans le canton des Grisons. Parution de la nouvelle *Les Noces de Lyon*.
Novembre : conférences à Hambourg.
Édition en dix volumes de l'œuvre de Zweig en russe, préfacée par Maxime Gorki.
Avec Romain Rolland à Vienne pour le centenaire de la mort de Beethoven.
Parution du recueil *Confusion des sentiments*, comprenant, outre la nouvelle qui donne son titre au volume, *Vingt-quatre heures de la vie d'une femme* et *Naufrage d'un cœur*. Cet ouvrage forme avec les recueils de 1911 (*Première expérience*) et de 1922 (*Amok*) le troisième « cercle de nouvelles » d'un ensemble intitulé *La Chaîne* (*Die Kette*) par Zweig.
Première édition des *Grandes heures de l'humanité*, comportant cinq des quatorze « miniatures historiques » actuellement assimilées à cet ensemble.

1928. Voyage à Paris et en Belgique, puis en URSS en *septembre*.
Conférence sur Tolstoï à Moscou. Visite de la propriété de ce dernier : Iasnaïa Poliana. Rencontre de Gorki.
5 septembre : première, à Kiel, de *La Fuite vers Dieu*,

épilogue au drame inachevé de Tolstoï, *Et la lumière luit dans les ténèbres*.
Décembre : voyage en Suisse.
Parution de la première biographie de Zweig par son ami Erwin Rieger.
Parution de *Trois poètes de leur vie* (essais sur Casanova, Stendhal et Tolstoï).

1929. *Mars* : tournée de conférences en Belgique et en Allemagne.
15 juillet : mort de Hugo von Hofmannsthal. Zweig prononce un discours d'hommage au Burgtheater de Vienne.
Septembre à Bad Gastein.
Novembre : publication de la nouvelle *Buchmendel*.
Parution de *Joseph Fouché*.
Parution de la pièce *L'Agneau des pauvres*.
Parution du recueil de nouvelles *Kleine Chronik. Vier Erzählungen*, comprenant *La Collection invisible*, *Épisode au lac de Genève*, *Leporella* et *Buchmendel*.
Publication d'un fragment de la nouvelle *Résistance de la réalité*.

1930. *Janvier* à Naples. Voyage à Sorrente, où il rencontre Gorki, puis à Rome.
Voyage à Berlin. Invité par Albert Einstein.
15 mars : création simultanée de *L'Agneau des pauvres* à Hanovre, Breslau, Lübeck et Prague ; la première au Burgtheater de Vienne a lieu le *12 avril*.
Mars : à Paris. Recherches sur Marie-Antoinette à la Bibliothèque nationale en compagnie d'Erwin Rieger.
Juillet-août à Hambourg.

1931. *Hiver* à Antibes où Joseph Roth vient le retrouver et travailler à *La Marche de Radetzky*, pendant que Zweig rédige la biographie de Marie-Antoinette.
Rencontre de travail avec Richard Strauss.
13 janvier : voyage aux Baléares (Majorque) *via* Paris et Barcelone. Retour par le cap d'Antibes.
21 octobre : mort d'Arthur Schnitzler.
Novembre à Munich.
Parution de *La Guérison par l'esprit* (essais sur Mesmer, Mary Baker Eddy et Freud).

1932. *Janvier* : conférences à Paris.
Mars-avril à Salzbourg.
Début mai à Florence et à Milan.
Fin de l'été à Salzbourg.
Travaille au livret de l'opéra *La Femme silencieuse*, d'après une pièce de Ben Jonson.
Automne en Italie (Florence et Milan).
Richard Strauss vient le voir à Salzbourg.
Bref passage à Bad Gastein.
Parution de *Marie-Antoinette*.

1933. *Février* : visite à Richard Strauss à Garmisch en Bavière.
2 mars : lettre à Romain Rolland sur l'incendie du Reichstag.
Conférences en Suisse (Montreux).
10 avril : lettre à Romain Rolland (« L'Autriche est perdue, l'"Anschluss", question de peu de temps »).
Avril : séjour à Cadenabbia en Italie.
Mai : autodafés de livres en Allemagne.
À partir du 20 octobre : long séjour à Londres.
Décembre : court séjour à Paris, puis Salzbourg *via* Zurich.

1934. *Février* : témoin des combats entre les troupes paramilitaires de la Heimwehr et celles du Schutzbund républicain à Vienne.
Fin février à Paris.
Mars-juin : Londres, où Friderike recrute une secrétaire pour son mari, Elisabeth Charlotte (« Lotte ») Altmann.
Mai-juin : publication de la nouvelle *Découverte inopinée d'un vrai métier.*
Juillet : travaille en Écosse à la biographie de Marie Stuart.
Perquisition de la maison de Salzbourg.
Juillet : échec de la tentative de putsch des nazis autrichiens.
Août en Suisse (Klosters) et à Salzbourg avec Friderike.
Septembre à Baden (Autriche), puis retour à Londres.

Décembre à Nice avec Friderike et Lotte, avec qui il entretient une liaison.
Parution du livre sur *Érasme* (daté de 1935).
Fondation de la maison d'édition Herbert Reichner à Vienne.

1935. *Janvier* : voyage à New York. Tournée de conférences aux États-Unis.
Février : retour à Londres *via* Paris.
Mars-mai à Vienne (hôtel Regina).
21 avril : première publication de la miniature historique « La Résurrection de Georg Friedrich Haendel ».
Mai-juin à Zurich.
24 juin : première de *La Femme silencieuse*, opéra de Richard Strauss dont Zweig a signé le livret, à Dresde.
Juillet-août à Marienbad avec Friderike.
18 septembre : dernière visite à Romain Rolland à Villeneuve.
Effectue des recherches sur Calvin à Genève.
Septembre-octobre : Paris et Londres.
Novembre : déménagement de la maison de Salzbourg et partage des biens.
Parution de *Marie Stuart*.
Traduction de *Non si sà come* de Pirandello.

1936. *Janvier* à Nice (hôtel Westminster).
Mars : emménage officiellement à Londres au 49 Hallam Street, au sud de Regent's Park, et non loin du British Museum.
Mars-mai à Londres.
Juillet : séjour à Ostende avec Lotte.
Août : entame la rédaction du roman *Impatience du cœur* à bord de l'*Alcantara*, qui l'emmène au Brésil.
Fin août-septembre : tournée en Amérique du Sud.
Excursion à Petrópolis. Rencontre le président Vargas. Visite Buenos Aires. Invitation au congrès du Pen Club d'Argentine.
Octobre-décembre à Londres.
Parution de *Castellion contre Calvin. Une conscience contre la violence*.
Parution du recueil *Kaléidoscope*, qui comprend six « nouvelles », cinq « légendes » (dont *Le Chandelier*

enterré, publié pour la première fois) et sept « miniatures historiques » (« La Prise de Byzance » et « La Résurrection de Georg Friedrich Haendel » ont été ajoutées à cette nouvelle version des *Grandes heures de l'humanité*).

1937. *Janvier* à Milan.

Février à Naples. Travaille à la biographie de Magellan. Lettre à Romain Rolland sur Trotski et Staline. À Rome et à Milan (Bibliothèque ambrosienne).

Fin février : retour à Londres.

Mai : Salzbourg et Vienne. Vente de la maison du Kapuzinerberg.

Juin à Londres.

Août : cure à Marienbad et dernier séjour avec Friderike à Lucerne.

Septembre à Londres.

Novembre : dernier passage à Vienne.

Parution de *Magellan* (daté de 1938).

Séparation définitive d'avec Friderike.

Achève la seconde version d'*Impatience du cœur*.

1938. *Janvier* : Friderike s'installe à Paris.

Fin janvier-début février : voyage au Portugal avec Lotte.

Février : Paris.

Mars : Londres. L'entrée des Allemands en Autriche et l'Anschluss empêchent le retour prévu à Salzbourg en *avril*.

30 avril : autodafé des livres de Zweig à Salzbourg.

Herbert Reichner quitte l'Autriche. Accord passé avec l'éditeur Gottfried Bermann-Fischer.

Mai-août à Londres.

23 août : mort d'Ida Zweig, la mère de l'écrivain.

Septembre : accords de Munich.

22 novembre : le divorce de Stefan et Friderike Zweig est prononcé.

Décembre : tournée de conférences dans trente villes des États-Unis.

Demande la nationalité britannique.

Fin de l'année à New York.

1939. *Février* : lectures aux États-Unis.
Fin mars : retour à Londres.
Début du travail à une biographie de Balzac en deux volumes (qui ne paraîtra jamais).
6 septembre : mariage avec Lotte Altmann. *Ce même mois*, le couple achète une maison à Bath.
23 septembre : mort de Freud à Londres. Zweig prononce l'éloge funèbre du psychanalyste au crématorium.
Octobre : publication en anglais de la nouvelle *Un homme qu'on n'oublie pas*, sous le titre *Anton, Friend of All the World. The Most Unforgettable Character I Ever Met.*
Parution d'*Impatience du cœur* en anglais à Amsterdam (sous le titre *Beware of Pity*, chez Allert de Lange), puis en allemand à Stockholm (sous le titre *Ungeduld des Herzens*, chez Bermann-Fischer).

1940. *Mars* : Stefan et Lotte obtiennent la nationalité britannique.
Avril : conférence à Paris sur « La Vienne d'hier ». Dernier contact téléphonique avec Romain Rolland. Dernier séjour sur le continent européen.
Mai : début d'un Carnet de notes de la guerre.
Fin juin-juillet : voyage avec Lotte aux États-Unis et en Amérique latine.
21 août : arrivée à Rio de Janeiro.
26 octobre : arrivée à Buenos Aires.
Novembre : Uruguay, puis retour à Rio.
Décembre : Amazonie, puis retour à New York. Dernières rencontres avec les écrivains allemands en exil.
Travaille au livre sur le Brésil.
Première publication, en anglais, des miniatures historiques « Cicéron » (« The Head upon the Rostrum. Cicero's Death ») et « L'Échec de Wilson » (« Wilson's Failure ») dans l'édition londonienne des *Sternstunden*.

1941. *Janvier* : à Bahia et Recife.
À New York avec Lotte. Rencontre de Friderike.
Travaille à la bibliothèque de l'université Yale sur la

biographie d'Amerigo Vespucci, qui sera achevée *fin mars*.
Retour à New York.
8 mai : l'université de Vienne dégrade Zweig de son titre de docteur en philosophie.
Juin : publication en anglais de la nouvelle *La Vieille Dette*, sous le titre *The Debt*.
1er-30 juillet : date figurant sur le manuscrit de la première version du *Monde d'hier*.
Juillet : installation à Ossining on the Hudson (État de New York).
15 août : quitte New York pour Petrópolis au Brésil.
***Mi-septembre* : commence la rédaction de la *Nouvelle du jeu d'échecs*.** Travaille à un livre sur Montaigne.
1er novembre : date figurant sur le manuscrit du troisième roman de Zweig, *Clarissa*, demeuré inachevé.
Parution de *Brésil, terre d'avenir*.

1942. *Février* : carnaval de Rio. Annonce de la chute de Singapour.
***21 février* : envoie la *Nouvelle du jeu d'échecs* à l'éditeur Gottfried Bermann-Fischer.**
***23 février* : suicide de Stefan Zweig et de Lotte Altmann à Petrópolis.** Le Brésil leur fait des obsèques nationales, malgré l'avis contraire exprimé par le couple.
Publication en portugais de la nouvelle *Était-ce lui ?*, sous le titre *Seria ele ?*, dans le recueil *As três paixões*.
***Fin de l'année* : publication à Buenos Aires, en allemand, de la *Nouvelle du jeu d'échecs*.**

BIBLIOGRAPHIE

ÉCRITS DE STEFAN ZWEIG*

Éditions en langue allemande

Les ouvrages cités en langue allemande sans lieu ni maison d'édition ont tous paru à Leipzig chez Insel Verlag.

Poésie

Silberne Saiten. Gedichte, Berlin, Schuster & Loeffler, 1901.
Die frühen Kränze. Gedichte, 1906.

Recueils de nouvelles publiés du vivant de l'auteur

Nous indiquons ci-dessous les références des publications en recueil, en précisant le contenu de chacun des recueils.

Die Liebe der Erika Ewald (*L'Amour d'Erika Ewald*), Berlin, Egon Fleischel & Co., 1904. — Contient : « Die Liebe der

* Pour un inventaire méthodique et exhaustif des publications de Stefan Zweig, on consultera les recensions de Randolph J. Klawiter : *Stefan Zweig. A Bibliography*, Chapel Hill, University of North Carolina Press, 1965, et *Stefan Zweig. An International Bibliography*, Riverside (Californie), Ariadne Press, 1991.

Erika Ewald » (« L'Amour d'Erika Ewald »), « Der Stern über dem Walde » (« L'Étoile au-dessus de la forêt »), « Die Wanderung » (« Le Voyage ») et « Die Wunder des Lebens » (« Les Miracles de la vie »).

Erstes Erlebnis. Vier Geschichten aus Kinderland (*Première expérience. Quatre histoires du pays d'enfance*), 1911. — Contient : « Geschichte in der Dämmerung » (« Une histoire au crépuscule »), « Die Gouvernante » (« La Gouvernante »), « Brennendes Geheimnis » (« Brûlant secret ») et « Sommernovellette » (« Petite nouvelle d'été »).

Amok. Novellen einer Leidenschaft (*Amok. Nouvelles d'une passion*), 1922. — Contient : « Der Amokläufer » (« Amok »), « Die Frau und die Landschaft » (« La Femme et le Paysage »), « Phantastische Nacht » (« La Nuit fantastique »), « Brief einer Unbekannten » (« Lettre d'une inconnue ») et « Die Mondscheingasse » (« Rue du Clair de lune »).

Verwirrung der Gefuhle. Drei Novellen (*Confusion des sentiments. Trois nouvelles*), 1927. — Contient : « Vierundzwanzig Stunden aus dem Leben einer Frau » (« Vingt-quatre heures de la vie d'une femme »), « Untergang eines Herzens » (« Naufrage d'un cœur ») et « Verwirrung der Gefühle » (« Confusion des sentiments »).

Kleine Chronik. Vier Erzählungen (*Petite chronique. Quatre récits*), 1929. — Contient : « Die unsichtbare Sammlung » (« La Collection invisible »), « Episode vom Genfer See » (« Épisode au lac de Genève »), « Leporella » et « Buchmendel ».

Kaleidoskop, Vienne, Leipzig et Zurich, Herbert Reichner Verlag, 1936. — Contient : les nouvelles « Unvermutete Bekanntschaft mit einem Handwerk » (« Découverte inopinée d'un vrai métier »), « Leporella », « Die unsichtbare Sammlung » (« La Collection invisible »), « Episode am Genfer See » (« Épisode au lac de Genève »), « Buchmendel », « Angst » (« Angoisses ») ; les légendes « Rahel rechtet mit Gott » (« Rachel dispute avec Dieu »), « Die Augen des ewigen Bruders » (« Les Yeux du frère éternel »), « Der begrabene Leuchter » (« Le Chandelier enterré »), « Die Legende der dritten Taube » (« La

Légende de la troisième colombe »), « Die gleich-ungleichen Schwestern » (« Les Deux Sœurs ») ; les sept miniatures historiques des *Sternstunden der Menschheit* (*Grandes heures de l'humanité*).

Essais, biographies, interventions

Emile Verhaeren. Monographie, 1910.
Erinnerungen an Emile Verhaeren, Vienne, C. Reisser, 1917.
Das Herz Europas, Zurich, Max Rascher Verlag, 1918.
Fahrten, Landschaften und Städte, Leipzig et Vienne, E. P. Tal & Co., 1919.
Drei Meister : Balzac, Dickens, Dostojewski, 1920.
Marceline Desbordes-Valmore. Das Lebensbild einer Dichterin, 1920.
Romain Rolland. Der Mann und das Werk, Francfort-sur-le-Main, Rütten & Loening, 1921.
Frans Masereel. Der Mann und Bildner, Berlin, Axel Juncker Verlag, 1923.
Abschied von Rilke. Eine Rede, Tübingen, Rainer Wunderlich Verlag, 1927.
Drei Dichter ihres Lebens : Casanova, Stendhal, Tolstoi, 1928.
Reise nach Russland, Vienne, Österreichische Journal Aktien-Gesellschaft, 1928.
Joseph Fouché. Bildnis eines politischen Menschen, 1929.
Die Heilung durch den Geist : Franz Anton Mesmer, Mary Baker Eddy und Sigmund Freud, 1931.
Marie-Antoinette. Bildnis eines mittleren Charakters, 1932.
Triumph und Tragik des Erasmus von Rotterdam, Vienne, Leipzig et Zurich, H. Reichner Verlag, 1935.
Maria Stuart, Vienne, Leipzig et Zurich, H. Reichner Verlag, 1935.
Sinn und Schönheit der Autographen, Vienne, Leipzig et Zurich, H. Reichner Verlag, 1935.
Castellio gegen Calvin oder Ein Gewissen gegen die Gewalt, Vienne, Leipzig et Zurich, H. Reichner Verlag, 1936.

Begegnungen mit Menschen, Büchern, Städten, Vienne, Leipzig et Zurich, H. Reichner Verlag, 1937.
Magellan. Der Mann und seine Tat, Vienne, Leipzig et Zurich, H. Reichner Verlag, 1938.
Brasilien. Ein Land der Zukunft, Stockholm, Bermann-Fischer Verlag, 1941.
Amerigo. Die Geschichte eines historischen Irrtums, Stockholm, Bermann-Fischer Verlag, 1944.
Balzac. Der Roman seines Lebens, Stockholm, Bermann-Fischer Verlag, 1946.
Europäisches Erbe, Francfort-sur-le-Main, S. Fischer Verlag, 1960. [Contient l'essai sur Montaigne.]
Balzac. Eine Biographie, Francfort-sur-le-Main, S. Fischer Verlag, 1979.
Spanische Reise, Vienne, Edition Graphischer Zirkel, 1990.
Peter Altenberg, Vienne, Edition Graphischer Zirkel, 1994.

Théâtre

Tersites. Ein Trauerspiel in drei Aufzügen, 1907.
Das Haus am Meer. Ein Schauspiel in zwei Teilen, 1912.
Der verwandelte Komödiant. Ein Spiel aus dem deutschen Rokoko, 1913.
Jeremias. Eine dramatische Dichtung in neun Bildern, 1917.
Legende eines Lebens. Ein Kammerspiel in drei Aufzügen, 1919.
Volpone. Eine Komödie nach Ben Jonson, Potsdam, Kiepenheuer Verlag, 1926-1927.
Quiproquo. Komödie, sous le pseudonyme de Clemens Neydisser, en collaboration avec Alexander Lernet-Holenia, Berlin-Wilmersdorf, Felix Bloch, 1928. [Cette pièce sera réintitulée *Gelegenheit macht Liebe*.]
Das Lamm der Armen. Tragikomödie in drei Akten, 1929.
Die schweigsame Frau. Komische Oper in drei Aufzügen, Berlin, Adolph Fürstner, 1935. [Livret d'opéra pour Richard Strauss, d'après la pièce de Ben Jonson, *Epicœne, or The Silent Woman* (1609).]

Récits

Sternstunden der Menschheit, 1927.
Die Welt von gestern. Erinnerungen eines Europäers, Stockholm, Bermann-Fischer Verlag, 1942.

Romans

Ungeduld des Herzens, Stockholm, Bermann-Fischer Verlag, 1939.
Rausch der Verwandlung, Knut Beck éd., Francfort-sur-le-Main, S. Fischer Verlag, 1982.
Clarissa. Ein Romanentwurf, Knut Beck éd., Francfort-sur-le-Main, S. Fischer Verlag, 1990.

Traductions réalisées par Stefan Zweig

BAUDELAIRE (Charles), *Gedichte in Vers und Prosa*, en collaboration avec Camill Hoffmann, Leipzig, Hermann Seemann Nachfolger Verlag, 1902.
VERLAINE (Paul), *Gedichte von Paul Verlaine. Eine Anthologie der besten Übertragungen*, Berlin, Schuster & Loeffler, 1902.
VERHAEREN (Émile), *Ausgewählte Gedichte*, Berlin, Schuster & Loeffler, 1904.
RUSSEL (Archibald B. G.), *Die visionäre Kunstphilosophie des William Blake*, Leipzig, Julius Zeitler, 1906.
VERHAEREN (Émile), *Ausgewählte Gedichte*, 1910.
—, *Drei Dramen*, 1910.
—, *Hymnen an das Leben*, 1912.
—, *Rembrandt*, 1912.
—, *Rubens*, 1913.
ROLLAND (Romain), *Den hingeschlachteten Völkern*, Zurich, Max Rascher Verlag, 1918.
—, *Die Zeit wird kommen. Drama in drei Akten*, Leipzig et Vienne, E. P. Tal & Co., 1919.

MARX (Madeline), *Weib. Roman*, en collaboration avec Friderike Zweig, Bâle et Leipzig, Rhein-Verlag, 1920.
SUARÈS (André), *Cressida*, en collaboration avec Erwin Rieger, Leipzig et Vienne, E. P. Tal & Co., 1920.
ROLLAND (Romain), *Clérambault*, Francfort-sur-le-Main, Rütten & Loening, 1922.
BARBUSSE (Henri), *Die Schutzflehenden*, Zurich, Leipzig et Stuttgart, Max Rascher Verlag, 1932.
PIRANDELLO (Luigi), *Man weiss nicht wie*, Vienne, Max Rascher Verlag, 1935.
EDMAN (Irwin), *Ein Schimmer Licht im Dunkel*, en collaboration avec Richard Friedenthal, Stockholm, Bermann-Fischer Verlag, 1940.

Journaux

Tagebücher, Francfort-sur-le-Main, S. Fischer Verlag, 1984.

Correspondance générale

Briefe 1897-1914, Knut Beck, Jeffrey B. Berlin et Natascha Weschenbach-Feggeler éd., Francfort-sur-le-Main, S. Fischer Verlag, 1995 ; *Briefe 1914-1919*, 1998 ; *Briefe 1920-1931*, 2000 ; *Briefe 1932-1942*, 2005.

Correspondances spécifiques

Avec Maxim Gorki : *Briefwechsel*, Kurt Böttcher éd., 1974.
Avec Romain Rolland : *Briefwechsel (1910-1940)*, Waltraud Schwarze éd., trad. du français par Eva et Gerhard Schewe (lettres de Rolland), et Christel Gersch (lettres de Zweig), Berlin, Rütten & Loening, 1987, 2 vol.
Avec Joseph Roth : *« Jede Freundschaft mit mir ist verderblich ». Joseph Roth und Stefan Zweig Briefwechsel 1927-1938*, Madeleine Rietra et Rainer-Joachim Siegel, Göttingen, Wallstein Verlag, 2011.

Avec Richard Strauss : *Briefwechsel*, Francfort-sur-le-Main, S. Fischer Verlag, 1957.

Avec Paul Zech : *Briefe 1910-1942*, Donald G. Daviau éd., Francfort-sur-le-Main, S. Fischer Verlag, 1986.

Avec Friderike Zweig : *Unrast der Liebe. Ihr Leben und ihre Zeit im Spiegel ihres Briefwechsels*, Berne et Munich, Scherz, 1981.

—, *« Wenn einen Augenblick die Wolken weichen ». Briefwechsel 1912-1942*, Jeffrey B. Berlin et Gert Kerschbaumer éd., Francfort-sur-le-Main, S. Fischer Verlag, 2006.

Avec Lotte Zweig : *« Ich wünschte, dass ich Ihnen ein wenig fehlte ». Briefe an Lotte Zweig 1934-1940*, Olivier Matuschek éd., Francfort-sur-le-Main, S. Fischer Verlag, 2013.

Briefe an Freunde, Richard Friedenthal éd., Francfort-sur-le-Main, S. Fischer Verlag, 2002. [Lettres à Richard Beer-Hofmann, Hermann Broch, Martin Buber, Richard Dehmel, Richard Friedenthal, Max Hermann-Neisse, Hermann Hesse, Anton et Katharina Kippenberg, Klaus Mann, Thomas Mann, Joseph Roth, René Schickele.]

Briefwechsel mit Hermann Bahr, Sigmund Freud, Rainer Maria Rilke und Arthur Schnitzler, Jeffrey B. Berlin, Hans Ulrich Lindken et Donald Prater éd., Francfort-sur-le-Main, S. Fischer Verlag, 1987.

Unbekannte Briefe aus der Emigration an eine Freundin, Gisella Selden-Goth éd., Vienne, H. Deutsch Verlag, 1964.

Traductions françaises

Nous spécifions entre crochets les titres français retenus dans l'édition de la Bibliothèque de la Pléiade lorsqu'ils diffèrent beaucoup de ceux des traductions recensées.

Nouvelles (éditions séparées et recueils)

Amok ou le Fou de Malaisie, trad. par Alzir Hella et Olivier Bournac, préface de Romain Rolland, Stock, Delamain et Boutelleau, coll. « Le Cabinet cosmopolite », 1927. —

Contient : « Amok ou le Fou de Malaisie », « Lettre d'une inconnue » et « Les Yeux du frère éternel ».

La Confusion des sentiments (Notes intimes du professeur R. de D.), trad. par Alzir Hella et Olivier Bournac, Stock, 1929.

Vingt-quatre heures de la vie d'une femme, trad. par Alzir Hella et Olivier Bournac, Victor Attinger, 1929.

Destruction d'un cœur, trad. par Alzir Hella et Olivier Bournac, Victor Attinger, 1931. — Contient : « Destruction d'un cœur » [« Naufrage d'un cœur »], « La Gouvernante » et « Le Jeu dangereux » [« Petite nouvelle d'été »].

La Peur, trad. par Alzir Hella et Manfred Schenker, Grasset, 1935. — Contient : « La Peur » [« Angoisses »], « Révélation inattendue d'un métier » [« Découverte inopinée d'un vrai métier »], « Leporella », « La Femme et le Paysage », « Le Bouquiniste Mendel » [« Buchmendel »] et « La Collection invisible ».

Le Chandelier enterré, trad. par Alzir Hella, Grasset, 1937. — Contient : « Le Chandelier enterré », « Rachel contre Dieu » [« Rachel dispute avec Dieu »] et « Virata » [« Les Yeux du frère éternel »].

Le Joueur d'échecs [*Nouvelle du jeu d'échecs*], trad. par Jacqueline Des Gouttes, Delachaux et Niestlé, 1944.

Brûlant secret, trad. par Alzir Hella, Grasset, 1945. — Contient : « Brûlant secret », « Conte crépusculaire » [« Une histoire au crépuscule »], « La Nuit fantastique » et « Les Deux Jumelles » [« Les Deux Sœurs »].

L'Amour d'Erika Ewald : nouvelles, trad. par Hélène Denis-Jeanroy, Belfond, 1990. — Contient : « L'Amour d'Erika Ewald », « L'Étoile au-dessus de la forêt », « La Marche » [« Le Voyage »] et « Les Prodiges de la vie » [« Les Miracles de la vie »].

Un mariage à Lyon : nouvelles, trad. par Hélène Denis-Jeanroy, Belfond, 1992. — Contient : « Un mariage à Lyon » [« Les Noces de Lyon »], « Dans la neige », « La Croix », « Histoire d'une déchéance » [« Histoire d'un naufrage »], « La Légende de la troisième colombe », « Au bord du lac Léman » [« Épisode au lac de Genève »] et « La Contrainte » [« Obsessions »].

Wondrak : nouvelles, trad. par Hélène Denis-Jeanroy, Belfond, 1994. — Contient : « Wondrak », « La Scarlatine » [« Fièvre écarlate »], « La Dette » [« La Vieille Dette »], « Un homme qu'on n'oublie pas », « Rêves oubliés » et « Printemps au Prater ».

Printemps au Prater suivi de La Scarlatine [*Fièvre écarlate*], trad. par Hélène Denis-Jeanroy, Le Livre de Poche, 1998.

Le Voyage dans le passé [*Résistance de la réalité*], trad. par Baptiste Touverey, Grasset, 2008.

Un soupçon légitime [*Était-ce lui ?*], trad. par Baptiste Touverey, Grasset, 2009.

Essais, biographies, interventions

Émile Verhaeren : sa vie, son œuvre, trad. par Paul Morisse et Henri Chervet, Mercure de France, 1910.

Romain Rolland : sa vie, son œuvre, trad. par Odette Richez, Neuchâtel, La Baconnière, 1926 ; éd. revue et présentée par Serge Niémetz, Belfond, 2000.

Balzac et Dickens : deux grands romanciers du XIX*e* *siècle*, trad. par Alzir Hella et Olivier Bournac, Éditions Kra, 1927.

Dostoïevski, trad. par Henri Bloch, Éditions Rieder, 1928.

Marceline Desbordes-Valmore : son œuvre, trad. par Alzir Hella et Olivier Bournac, Éditions de la Nouvelle revue critique, 1928.

Tolstoï, trad. par Alzir Hella et Olivier Bournac, Victor Attinger, 1928.

Casanova, trad. par Alzir Hella et Olivier Bournac, Victor Attinger, 1930.

Joseph Fouché, trad. par Alzir Hella et Olivier Bournac, Grasset, 1931.

Souvenirs sur Émile Verhaeren, trad. par Hendrick Coopman, Bruxelles, L. J. Kryn, 1931.

Marie-Antoinette, trad. par Alzir Hella, Grasset, 1933.

La Guérison par l'esprit : Mesmer, Mary Baker Eddy, Sigmund Freud, trad. par Alzir Hella et Juliette Pary, Stock, 1934.

Érasme. Grandeur et décadence d'une idée, trad. par Alzir Hella, Grasset, 1935.

Marie Stuart, trad. par Alzir Hella, Grasset, 1936.

Le Combat avec le démon : Kleist, Hölderlin, Nietzsche, trad. par Alzir Hella, Delamain et Boutelleau, 1937.

Trois poètes de leur vie : Stendhal, Casanova, Tolstoï, trad. par Alzir Hella, Stock, 1937.

Magellan, trad. par Alzir Hella, Grasset, 1938.

Le Brésil, terre d'avenir, trad. par Jean Longeville, New York, Éditions de la Maison française, 1942.

Castellion contre Calvin ou Conscience contre violence, trad. par Alzir Hella, Grasset, 1946.

Trois maîtres : Balzac, Dickens, Dostoïevski, trad. par Alzir Hella et Henri Bloch, Grasset, 1949.

Honoré de Balzac, le roman de sa vie, trad. par Fernand Delmas, Albin Michel, 1950.

Montaigne, trad. par Jean-Jacques Lafaye et François Brugier révisée par Jean-Louis Bandet, P.U.F., coll. « Perspectives critiques », 1982.

Amerigo. Récit d'une erreur historique, trad. par Dominique Autrand, Belfond, 1992.

Aux amis de l'étranger, trad. par Isabelle Hausser, dans *Essais*, Le Livre de Poche, coll. « Pochothèque », 1996, p. 1225-1229.

En cette heure sombre, trad. par Isabelle Hausser, dans *ibid.*, p. 1271-1273.

Le Monde sans sommeil, trad. par Isabelle Hausser, dans *ibid.*, p. 1215-1220.

Le Mystère de la création artistique, trad. par Dominique Tassel, dans *ibid.*, p. 999-1016.

Hommes et destins, trad. par Hélène Denis-Jeanroy, Belfond, 1998.

Pays, villes, paysages : écrits de voyage, trad. par Hélène Denis-Jeanroy, Le Livre de Poche, 1998.

Théâtre

Jérémie. Drame en neuf tableaux, trad. par Louis-Charles Baudoin, Éditions Rieder, 1921.

Volpone, trad. par Jules Romains, dans ROMAINS (Jules), *Théâtre*, t. V, Gallimard, coll. « Blanche », 1929.

Un caprice de Bonaparte. Pièce en trois actes, trad. par Alzir Hella, Grasset, 1952. [Il s'agit de la traduction de la pièce *Das Lamm des Armen* (littéralement : « L'Agneau des pauvres »).]

Le Comédien métamorphosé. Un divertissement du Rococo allemand, trad. par Brigitte Vergne-Cain et Gérard Rudent, dans *Romans, nouvelles et théâtre*, Le Livre de Poche, coll. « Pochothèque », 1995, p. 397-436.

Thersite. Tragédie en trois actes, trad. par Brigitte Vergne-Cain et Gérard Rudent, dans *ibid.*, p. 225-345.

Légende d'une vie, trad. par Barbara Fontaine, Grasset, 2011.

Récits

Les Heures étoilées de l'humanité [*Grandes heures de l'humanité*], trad. par Alzir Hella, Grasset, 1939.

Le Monde d'hier. Souvenirs d'un Européen, trad. par Jean-Paul Zimmermann, Albin Michel, 1948.

Les Très Riches Heures de l'humanité [*Grandes heures de l'humanité*], trad. par Alzir Hella et Hélène Denis-Jeanroy, Belfond, 1989.

Le Monde d'hier. Souvenirs d'un Européen, trad. par Serge Niémetz, Belfond, 1992.

Romans

La Pitié dangereuse [*Impatience du cœur*], trad. par Alzir Hella, Grasset, 1939.

Ivresse de la métamorphose, trad. par Robert Dumont, Belfond, 1984.

Clarissa, trad. par Jean-Claude Capèle, Belfond, 1992.

Journaux

Journaux 1912-1940, Knut Beck éd., trad. par Jacques Legrand, Belfond, 1986.

Correspondance générale

Correspondance 1897-1919, trad. par Isabelle Kalinowski, Grasset, 2000 ; *Correspondance 1920-1931*, trad. par Laure Bernardi, 2003 ; *Correspondance 1932-1942*, trad. par Laure Bernardi, 2008.

Correspondances spécifiques

Avec Sigmund Freud : *Correspondance*, trad. par Gisella Hauer et Didier Plassard, Rivages, 1991.

Avec Arthur Schnitzler : *Correspondance*, Jeffrey B. Berlin et Hans Ulrich Lindken éd., trad. par Gisella Hauer et Didier Plassard, Rivages, 1994.

Avec Richard Strauss : *Correspondance 1931-1936*, trad. par Nicole Casanova et Bernard Banoun, Flammarion, coll. « Harmoniques », 1994.

Avec Émile Verhaeren : *Correspondance 1900-1926*, Fabrice van de Kerckhove éd., Bruxelles, Éditions Labor, coll. « Archives du futur », 1990.

Avec Friderike Zweig : *L'Amour inquiet. Correspondance 1912-1942*, trad. par Jacques Legrand, Des femmes, 1987.

Avec Lotte Zweig : *Lettres d'Amérique. New York, Argentine, Brésil, 1940-1942*, Darién J. Davis et Oliver Marshall éd., trad. par Adrienne Boutang et Baptiste Touveney, Grasset, 2012.

SUR STEFAN ZWEIG

L'époque

Arendt (Hannah), *Juden in der Welt von gestern*, Heidelberg, Lambert Schneider Verlag, 1948.

Bauer (Roger) éd., *Fin de siècle. Zu Literatur und Kunst der*

Jahrhundertwende, Francfort-sur-le-Main, Klostermann, 1977.

Bled (Jean-Paul), *Histoire de Vienne*, Fayard, 1998.

Braun (Felix), *Das Licht der Welt. Geschichte eines Versuches als Dichter zu leben*, Vienne, Thomas-Morus-Presse, 1949.

—, « Briefe an den toten Freund, Wien, im Januar 1951 », *Briefe in das Jenseits. Erzählung*, Salzbourg, Otto Müller Verlag, 1952, p. 60-63.

Bechtel (Delphine), *La Renaissance culturelle juive en Europe centrale et orientale, 1897-1930 : langue, littérature et construction nationale*, Belin, 2002.

Clair (Jean) éd., *Vienne 1880-1938. L'Apocalypse joyeuse*, Éditions du Centre Pompidou, 1986.

Johnston (William M.), *L'Esprit viennois. Une histoire intellectuelle et sociale 1848-1938*, trad. par Pierre-Emmanuel Dauzat, P.U.F., coll. « Perspectives critiques », 1985.

Le Rider (Jacques), *Le Cas Otto Weininger. Racines de l'antiféminisme et de l'antisémitisme*, P.U.F., coll. « Perspectives critiques », 1982.

—, *Modernité viennoise et crises de l'identité*, P.U.F., coll. « Perspectives critiques », 1990.

—, *Journaux intimes viennois*, P.U.F., coll. « Perspectives critiques », 2000.

Magris (Claudio), *Le Mythe et l'Empire dans la littérature autrichienne moderne*, trad. de l'italien par Jean et Marie-Noëlle Pastureau, Gallimard, coll. « L'Arpenteur », 1991.

Pollak (Michael), *Vienne 1900. Une identité blessée*, Gallimard, 1984.

Schnitzler (Arthur), *Une jeunesse viennoise. Autobiographie 1862-1889*, trad. par Nicole et Henri Roche, Hachette, 1987.

—, *Vienne au crépuscule*, trad. par Robert Dumont, Stock, 1985.

Schorske (Carl E.), *Vienne fin de siècle. Politique et culture*, trad. par Yves Thoraval, Éditions du Seuil, 1983.

Vienne au temps de François-Joseph. De Strauss à Freud, Hachette, coll. « Âges d'or et réalités », 1970.

Vienne, début d'un siècle, *Critique*, nos 339-340, août-septembre 1975. [Seize études sur quelques-uns des grands hommes qui ont vécu à Vienne vers 1900 (Freud, Klimt, Hofmannsthal, Mahler, Musil, Schnitzler, etc.).]

Témoignages et ouvrages à caractère biographique

ALLDAY (Elizabeth), *Stefan Zweig. A Critical Biography*, Londres, W. H. Allen, 1972.

ARENS (Hanns), *Stefan Zweig : sein Leben, sein Werk*, Esslingen am Neckar, Bechtle, 1949.

— éd., *Der grosse Europäer Stefan Zweig*, Munich, Kindler Verlag, 1956. [Témoignages d'Anton Kippenberg, Thomas Mann, Rainer Maria Rilke, Jules Romains, Friderike Zweig, etc.]

— éd., *Stefan Zweig. Im Zeugnis seiner Freunde*, Munich et Vienne, Langen Müller Verlag, 1968.

BAUER (Arnold), *Stefan Zweig*, Berlin, Colloquium Verlag, 1961.

BONA (Dominique), *Stefan Zweig, l'ami blessé*, Plon, 1996.

FITZBAUER (Erich) éd., *Stefan Zweig, Spiegelungen einer schöpferischen Persönlichkeit*, Vienne, Bergland Verlag, 1959.

HELLWIG (Hans), *Stefan Zweig. Ein Lebensbild*, Lübeck, I. M. Wildner, 1948.

KERSCHBAUMER (Gert), *Stefan Zweig. Der fliegende Salzburger*, Salzbourg, Vienne et Francfort-sur-le-Main, Residenz Verlag, 2003.

LAFAYE (Jean-Jacques), *L'Avenir de la nostalgie. Une vie de Stefan Zweig*, Éditions du Félin, 1989.

—, *Stefan Zweig. Un aristocrate juif au cœur de l'Europe*, Éditions du Félin, 1999.

MATUSCHEK (Oliver), *Stefan Zweig. Drei Leben. Eine Biographie*, Francfort-sur-le-Main, S. Fischer Verlag, 2006.

MÜLLER (Hartmut), *Stefan Zweig*, Reinbek, Rowohlt Verlag, 1988.

NIÉMETZ (Serge), *Stefan Zweig. Le Voyageur et ses mondes*, Belfond, 1996 ; éd. revue et augmentée d'un avertissement et d'une postface, 2011.

PRATER (Donald A.), *European of Yesterday. A Biography of Stefan Zweig*, Oxford, Oxford University Press, 1972. [Traduction française par Pascale de Mezamat, *Stefan Zweig*, La Table ronde, 1988.]

—, et MICHELS (Volker) éd., *Stefan Zweig. Leben und Werk im Bild*, Francfort-sur-le-Main, Insel Taschenbuch Verlag, 1981.

—, *Stefan Zweig. Das Leben eines Ungeduldigen*, trad. de l'anglais par Annelie Hohenemser, Munich et Vienne, Carl Hanser Verlag, 1981.

RENOLDNER (Klemens), HOLL (Hildemar) et KARLHUBER (Peter), *Stefan Zweig. Bilder, Texte, Dokumente*, Salzbourg et Vienne, Residenz Verlag, 1993.

RIEGER (Erwin), *Stefan Zweig. Der Mann und das Werk*, Berlin, J. M. Spaeth Verlag, 1928.

ROMAINS (Jules), *Stefan Zweig, grand Européen*, New York, Éditions de la Maison française, 1941.

—, « Les Derniers Mois et dernières lettres de Stefan Zweig », *Revue de Paris*, février 1955, p. 3-23.

SAUVAT (Catherine), *Stefan Zweig*, Gallimard, coll. « Folio biographies », 2006.

SPECHT (Richard), *Stefan Zweig. Versuch eines Bildnisses*, Leipzig, Spamersche Buchdruckerei, 1927.

STRELKA (Joseph), *Stefan Zweig. Freier Geist der Menschlichkeit*, Vienne, Österreichischer Bundesverlag, 1981.

ZECK (Paul), « Stefan Zweig. Eine Gedenkschrift », dans *Stefan Zweig — Paul Zech. Briefe 1910-1942*, Donald G. Daviau éd., Francfort-sur-le-Main, S. Fischer Verlag, 1986, p. 115-140.

ZUCKMAYER (Carl), *Als wär's ein Stück von mir. Horen der Freundschaft*, Francfort-sur-le-Main, S. Fischer Verlag, 1966.

ZWEIG (Friderike Maria), *Stefan Zweig. Wie ich ihn erlebte*, Stockholm, Neuer Verlag, 1947.

—, *Stefan Zweig. Eine Bildbiographie*, Munich, Kindler Verlag, 1961.

—, *Spiegelungen des Lebens*, Vienne, Stuttgart et Zurich, Hans Deutsch Verlag, 1964.

Études critiques

Ouvrages

ARENS (Hanns) éd., *Stefan Zweig. Der Mensch im Werk*, Vienne, Krystall-Verlag, 1932.

COHEN (Rosi), *Das Problem des Selbstmordes in Stefan Zweigs Leben und Werk*, Berne et Francfort-sur-le-Main, Peter Lang, 1982.

DUMONT (Robert), *Stefan Zweig et la France*, Didier, 1967.

—, *Le Théâtre de Stefan Zweig*, Presses universitaires de Rouen, 1976.

GELBER (Mark H.) éd., *Stefan Zweig heute*, New York, Peter Lang, 1987.

—, *Stefan Zweig Reconsidered. New Perspectives on His Literary and Biographical Writings*, Tübingen, Max Niemeyer Verlag, 2007.

GÖRNER (Rüdiger), *Stefan Zweig. Formen einer Sprachkunst*, Vienne, Sonderzahl, 2012.

HENZE (Volker), *Jüdischer Kulturpessimismus und das Bild des Alten Österreich im Werk Stefan Zweigs und Joseph Roths*, Heidelberg, Universitätsverlag C. Winter, 1988.

KLAWITER (Randolph J.), *Stefan Zweig's Novellen : An Analysis*, Ann Arbor, University of Michigan, thèse de doctorat, 1961.

NEDELJKOVIC (Dragan), *Romain Rolland et Stefan Zweig : affinités et influences littéraires et spirituelles 1910-1942*, Klincksieck, 1970.

ROTHMUND, Élisabeth, *Étude sur Stefan Zweig. Le Joueur d'échecs*, Ellipses, coll. « Résonances », 2000.

SCHRAMM (Werner), *Stefan Zweig. Essay*, Itzehoe (Allemagne), G. Christiansen, 1961.

WELTER (Marie-Luise), *Typus und Eros. Eine Untersuchung des Menschenbildes in den Novellen Stefan Zweigs*, Fribourg-en-Brisgau, thèse de doctorat, 1957.

Numéros spéciaux de revues et de magazines, actes de colloques

Special Stefan Zweig Issue, Modern Austrian Literature, Riverside (Californie), International Arthur Schnitzler Research Association, vol. XIV, nos 3-4, 1981.

Stefan Zweig 1881-1942, Pierre Grappin éd., Actes du colloque de l'université de Metz (décembre 1981), Didier, 1982.

Stefan Zweig. Symposium in Beer-Sheva, Bulletin des Leo Baeck Instituts, n° 63, Jérusalem, Jüdischer Verlag, 1982.

Stefan Zweig. The World of Yesterday's Humanist Today, Marion Sonnenfeld éd., Actes du colloque d'Albany (1982), New York, State University of New York, 1983.

Stefan Zweig le chasseur d'âmes, Le Magazine littéraire, n° 245, septembre 1987.

Stefan Zweig, Austriaca, Erika Tunner éd., n° 34, Centre d'études et de recherches autrichiennes de l'université de Rouen, juin 1992.

Stefan Zweig, Europe, n° 794, juin-juillet 1995.

Stefan Zweig écrivain européen, Le Magazine littéraire, n° 351, février 1997.

Stefan Zweig im Zeitgeschehen des 20. Jahrhunderts, Thomas Eicher éd., Oberhausen, Athena Verlag, 2003.

Stefan Zweig l'écrivain face au chaos, Le Magazine littéraire, n° 486, mai 2009.

« Ich liebte Frankreich wie eine zweite Heimat ». Neue Studien zu Stefan Zweig / « J'aimais la France comme ma seconde patrie ». Actualité(s) de Stefan Zweig, Régine Battiston et Klemens Renoldner éd., Würzburg, Königshausen & Neumann Verlag, 2011.

NOTES

Page 29.

1. *Deck-show* : littéralement, « spectacle donné sur le pont d'un navire ».

Page 30.

1. Alexandre Alexandrovitch *Alekhine* (1892-1946) fut champion du monde d'échecs à Buenos Aires en novembre 1927. Il le restera jusqu'à sa mort (avec une interruption d'un an en 1936). Il succédait au Cubain José Raúl *Capablanca* (1888-1942), dont le style de jeu peut avoir inspiré Zweig pour décrire celui de Czentovic. — Le grand maître international Xavier *Tartakover* (1887-1956), d'origine autrichienne et polonaise, fut également l'auteur d'ouvrages théoriques sur les échecs. — L'Allemand Emanuel *Lasker* (1868-1941), champion du monde d'échecs de 1894 à 1921, dut émigrer après 1933 et mourut aux États-Unis. — L'histoire d'Efim Dimitrievitch *Bogolioubov* (1889-1952), grand maître international, arrêté à Mannheim en 1914 et incarcéré à Triberg jusqu'à la fin de la Première Guerre mondiale, peut avoir inspiré celle du docteur B. — Samuel *Reshevsky* (1911-1992), ancien joueur d'échecs prodige dès l'âge de sept ans, remarqué au tournoi de New York en 1922, grand maître international installé aux États-Unis, fut très célèbre dans les années 1930. Devenu comptable, il refusait de devenir professionnel.

Page 32.

1. L'âne du devin et prophète *Balaam* (Nombres, XXII, 21-33), en réalité une ânesse, empêché d'avancer par l'ange de l'Éternel, et que son maître fouette pour le faire marcher, se plaint de la dureté de son maître. Dieu ouvre alors les yeux de celui-ci.

Page 36.

1. Mikhaïl *Koutouzov* (1745-1813), prince russe et général en chef des armées du tsar Alexandre Ier, relevé de ses fonctions après la défaite d'Austerlitz, actif pendant la retraite de Russie, fut l'un des plus grands adversaires de Napoléon. — Le consul romain Quintus Fabius Maximus Verrucosus (v. 275-203 av. J.-C.), dit *Cunctator* (le « Temporisateur »), mena une véritable guerre d'usure contre Hannibal, évitant soigneusement tout engagement sérieux avec les troupes du redoutable général carthaginois.

Page 38.

1. Cette curiosité et ce goût pour la psychologie semblent insatiables (ainsi le narrateur affirme-t-il un peu plus loin : « moi, malheureux, chez qui la curiosité pour les faits intellectuels dégénère toujours en une sorte de chemin de croix ») et déclenchent l'envie de raconter. Le narrateur est ainsi clairement identifiable à l'auteur. Cette figure du narrateur curieux, qui prête son oreille aux récits qu'on lui fait, permet à l'auteur d'installer des récits enchâssés. On rencontre souvent chez Zweig ce type de narrateur, notamment au début d'*Amok* quand il affirme : « Les choses psychologiques énigmatiques de nature ont sur moi un pouvoir proprement inquiétant, détecter comment les rapports s'enchaînent m'excite jusqu'à me tourner le sang, et les êtres singuliers peuvent, par leur seule présence, attiser chez moi une volonté passionnée de connaître, qui n'est guère moindre que celle de posséder quand il s'agit d'une femme » (trad. B. Lortholary, Folio classique, 2013).

Page 40.

1. *Le « jeu royal »* : le mot d'origine persanne « *Schach* »

(« échecs » en allemand) signifie « roi ». Le vrai sens de la formule « échec et mat » (« *Schach matt* » souvent contracté en « *Schachmatt* » donc) est donc « le roi est mort ».

Page 41.

1. Le médecin allemand Franz Joseph *Gall* (1758-1828) était le père de la phrénologie, qui dérivait la psychologie d'un individu de la forme de sa boîte crânienne.

Page 47.

1. Deux conceptions du jeu s'affrontent ici, qui recoupent l'opposition entre ancien et nouveau monde : le jeu comme divertissement, passe-temps, activité de gentlemen, opposé au jeu comme activité marchande (« c'est son métier »). On se souvient des propos du narrateur, un peu plus haut, soulignant l'écart entre jeu futile et jeu sérieux : « Je "joue" aux échecs [...] alors que les autres, les vrais joueurs d'échecs, y "sérieusent" ». Avec le docteur B., le jeu prend une nouvelle dimension : le passe-temps tourne à l'obsession ; le jeu n'est plus ce qui occupe, ce qui remplit l'univers, mais devient l'univers même.

Page 62.

1. Hostile à l'Anschluss, Engelbert *Dollfuss* (1892-1934), chancelier fédéral de l'Autriche, puis dictateur fascisant, fut assassiné par les nazis. — Kurt von *Schuschnigg* (1897-1977), membre du parti chrétien-social, succéda à Dollfuss jusqu'à l'Anschluss. Après sa démission, le 11 mars 1938, il fut emprisonné ; à la fin de la guerre, il émigra en Italie puis aux États-Unis.

Page 65.

1. L'*Hôtel Metropole* était un hôtel de luxe ; il appartenait à une société anonyme (dont les deux principaux actionnaires étaient deux familles juives). On y célébrait les barmitsva et les mariages rituels. En 1938 il fut confisqué par la Gestapo, qui y établit sa *Leitstelle* viennoise, les caves devenant des espaces dédiés aux interrogatoires. Le chancelier Schuschnigg y fut interné pendant l'été 1938.

Page 106.

1. *Remember* : « souvenez-vous », en anglais.

Page 107.

1. *Damned fool* (littéralement « maudit fou ») : « espèce d'imbécile », en anglais. Cette expression n'a rien d'injurieux et serait presque affectueuse. Il est assez probable que le joueur d'échecs amateur Stefan Zweig connaissait bien, outre le nom français de la pièce jouée par le docteur B. (le fou, en allemand *der Läufer*, en anglais *Bishop*), l'expression anglaise « *The Fool's mate* » qui désigne une victoire éclair après un petit nombre de coups. Le rustre McConnor quitte la nouvelle sur un jeu de mots involontaire.

Préface de Jean-Pierre Lefebvre 7
Note sur l'édition 26

NOUVELLE DU JEU D'ÉCHECS

DOSSIER

Chronologie 111
Bibliographie 126
Notes 143

DU MÊME AUTEUR

Dans la même collection

AMOK. *Traduction de Bernard Lortholary. Édition de Jean-Pierre Lefebvre.*

ANGOISSES. *Traduction de Bernard Lortholary. Édition de Jean-Pierre Lefebvre.*

VINGT-QUATRE HEURES DE LA VIE D'UNE FEMME. *Traduction d'Olivier Le Lay. Édition de Jean-Pierre Lefebvre.*

COLLECTION FOLIO

Dernières parutions

5353. Conan Doyle	*Un scandale en Bohême* suivi de *Silver Blaze. Deux aventures de Sherlock Holmes*
5354. Jean Rouaud	*Préhistoires*
5355. Mario Soldati	*Le père des orphelins*
5356. Oscar Wilde	*Maximes et autres textes*
5357. Hoffmann	*Contes nocturnes*
5358. Vassilis Alexakis	*Le premier mot*
5359. Ingrid Betancourt	*Même le silence a une fin*
5360. Robert Bobert	*On ne peut plus dormir tranquille quand on a une fois ouvert les yeux*
5361. Driss Chraïbi	*L'âne*
5362. Erri De Luca	*Le jour avant le bonheur*
5363. Erri De Luca	*Première heure*
5364. Philippe Forest	*Le siècle des nuages*
5365. Éric Fottorino	*Cœur d'Afrique*
5366. Kenzaburô Ôé	*Notes de Hiroshima*
5367. Per Petterson	*Maudit soit le fleuve du temps*
5368. Junichirô Tanizaki	*Histoire secrète du sire de Musashi*
5369. André Gide	*Journal. Une anthologie (1899-1949)*
5370. Collectif	*Journaux intimes. De Madame de Staël à Pierre Loti*
5371. Charlotte Brontë	*Jane Eyre*
5372. Héctor Abad	*L'oubli que nous serons*
5373. Didier Daeninckx	*Rue des Degrés*
5374. Hélène Grémillon	*Le confident*
5375. Erik Fosnes Hansen	*Cantique pour la fin du voyage*
5376. Fabienne Jacob	*Corps*
5377. Patrick Lapeyre	*La vie est brève et le désir sans fin*

5378. Alain Mabanckou — *Demain j'aurai vingt ans*
5379. Marguerite Duras, François Mitterrand — *Le bureau de poste de la rue Dupin* et autres entretiens
5380. Kate O'Riordan — *Un autre amour*
5381. Jonathan Coe — *La vie très privée de Mr Sim*
5382. Scholastique Mukasonga — *La femme aux pieds nus*
5383. Voltaire — *Candide ou l'Optimisme. Illustré par Quentin Blake*
5384. Benoît Duteurtre — *Le retour du Général*
5385. Virginia Woolf — *Les Vagues*
5386. Nik Cohn — *Rituels tribaux du samedi soir et autres histoires américaines*
5387. Marc Dugain — *L'insomnie des étoiles*
5388. Jack Kerouac — *Sur la route. Le rouleau original*
5389. Jack Kerouac — *Visions de Gérard*
5390. Antonia Kerr — *Des fleurs pour Zoë*
5391. Nicolaï Lilin — *Urkas ! Itinéraire d'un parfait bandit sibérien*
5392. Joyce Carol Oates — *Zarbie les Yeux Verts*
5393. Raymond Queneau — *Exercices de style*
5394. Michel Quint — *Avec des mains cruelles*
5395. Philip Roth — *Indignation*
5396. Sempé-Goscinny — *Les surprises du Petit Nicolas. Histoires inédites-5*
5397. Michel Tournier — *Voyages et paysages*
5398. Dominique Zehrfuss — *Peau de caniche*
5399. Laurence Sterne — *La Vie et les Opinions de Tristram Shandy, Gentleman*
5400. André Malraux — *Écrits farfelus*
5401. Jacques Abeille — *Les jardins statuaires*
5402. Antoine Bello — *Enquête sur la disparition d'Émilie Brunet*
5403. Philippe Delerm — *Le trottoir au soleil*
5404. Olivier Marchal — *Rousseau, la comédie des masques*

5405. Paul Morand	*Londres* suivi de *Le nouveau Londres*
5406. Katherine Mosby	*Sanctuaires ardents*
5407. Marie Nimier	*Photo-Photo*
5408. Arto Paasilinna	*Le potager des malfaiteurs ayant échappé à la pendaison*
5409. Jean-Marie Rouart	*La guerre amoureuse*
5410. Paolo Rumiz	*Aux frontières de l'Europe*
5411. Colin Thubron	*En Sibérie*
5412. Alexis de Tocqueville	*Quinze jours dans le désert*
5413. Thomas More	*L'Utopie*
5414. Madame de Sévigné	*Lettres de l'année 1671*
5415. Franz Bartelt	*Une sainte fille et autres nouvelles*
5416. Mikhaïl Boulgakov	*Morphine*
5417. Guillermo Cabrera Infante	*Coupable d'avoir dansé le cha-cha-cha*
5418. Collectif	*Jouons avec les mots. Jeux littéraires*
5419. Guy de Maupassant	*Contes au fil de l'eau*
5420. Thomas Hardy	*Les Intrus de la Maison Haute* précédé d'un autre conte du Wessex
5421. Mohamed Kacimi	*La confession d'Abraham*
5422. Orhan Pamuk	*Mon père et autres textes*
5423. Jonathan Swift	*Modeste proposition et autres textes*
5424. Sylvain Tesson	*L'éternel retour*
5425. David Foenkinos	*Nos séparations*
5426. François Cavanna	*Lune de miel*
5427. Philippe Djian	*Lorsque Lou*
5428. Hans Fallada	*Le buveur*
5429. William Faulkner	*La ville*
5430. Alain Finkielkraut (sous la direction de)	*L'interminable écriture de l'Extermination*
5431. William Golding	*Sa majesté des mouches*
5432. Jean Hatzfeld	*Où en est la nuit*

5433. Gavino Ledda	*Padre Padrone. L'éducation d'un berger Sarde*
5434. Andrea Levy	*Une si longue histoire*
5435. Marco Mancassola	*La vie sexuelle des super-héros*
5436. Saskia Noort	*D'excellents voisins*
5437. Olivia Rosenthal	*Que font les rennes après Noël?*
5438. Patti Smith	*Just Kids*
5439. Arthur de Gobineau	*Nouvelles asiatiques*
5440. Pierric Bailly	*Michael Jackson*
5441. Raphaël Confiant	*La Jarre d'or*
5442. Jack Kerouac	*Visions de Cody*
5443. Philippe Le Guillou	*Fleurs de tempête*
5444. François Bégaudeau	*La blessure la vraie*
5445. Jérôme Garcin	*Olivier*
5446. Iegor Gran	*L'écologie en bas de chez moi*
5447. Patrick Mosconi	*Mélancolies*
5448. J.-B. Pontalis	*Un jour, le crime*
5449. Jean-Christophe Rufin	*Sept histoires qui reviennent de loin*
5450. Sempé-Goscinny	*Le Petit Nicolas s'amuse*
5451. David Vann	*Sukkwan Island*
5452. Ferdinand Von Schirach	*Crimes*
5453. Liu Xinwu	*Poussière et sueur*
5454. Ernest Hemingway	*Paris est une fête*
5455. Marc-Édouard Nabe	*Lucette*
5456. Italo Calvino	*Le sentier des nids d'araignées* (à paraître)
5457. Italo Calvino	*Le vicomte pourfendu*
5458. Italo Calvino	*Le baron perché*
5459. Italo Calvino	*Le chevalier inexistant*
5460. Italo Calvino	*Les villes invisibles* (à paraître)
5461. Italo Calvino	*Sous le soleil jaguar* (à paraître)
5462. Lewis Carroll	*Misch-Masch* et autres textes de jeunesse
5463. Collectif	*Un voyage érotique. Invitation à l'amour dans la littérature du monde entier*

5464. François de La Rochefoucauld — *Maximes* suivi de *Portrait de de La Rochefoucauld par lui-même*
5465. William Faulkner — *Coucher de soleil* et autres Croquis de La Nouvelle-Orléans
5466. Jack Kerouac — *Sur les origines d'une génération* suivi de *Le dernier mot*
5467. Liu Xinwu — *La Cendrillon du canal* suivi de *Poisson à face humaine*
5468. Patrick Pécherot — *Petit éloge des coins de rue*
5469. George Sand — *Le château de Pictordu*
5470. Montaigne — *Sur l'oisiveté* et autres Essais en français moderne
5471. Martin Winckler — *Petit éloge des séries télé*
5472. Rétif de La Bretonne — *La Dernière aventure d'un homme de quarante-cinq ans*
5473. Pierre Assouline — *Vies de Job*
5474. Antoine Audouard — *Le rendez-vous de Saigon*
5475. Tonino Benacquista — *Homo erectus*
5476. René Fregni — *La fiancée des corbeaux*
5477. Shilpi Somaya Gowda — *La fille secrète*
5478. Roger Grenier — *Le palais des livres*
5479. Angela Huth — *Souviens-toi de Hallows Farm*
5480. Ian McEwan — *Solaire*
5481. Orhan Pamuk — *Le musée de l'Innocence*
5482. Georges Perec — *Les mots croisés*
5483. Patrick Pécherot — *L'homme à la carabine. Esquisse*
5484. Fernando Pessoa — *L'affaire Vargas*
5485. Philippe Sollers — *Trésor d'Amour*
5487. Charles Dickens — *Contes de Noël*
5488. Christian Bobin — *Un assassin blanc comme neige*
5490. Philippe Djian — *Vengeances*
5491. Erri De Luca — *En haut à gauche*
5492. Nicolas Fargues — *Tu verras*
5493. Romain Gary — *Gros-Câlin*
5494. Jens Christian Grøndahl — *Quatre jours en mars*

5495. Jack Kerouac	*Vanité de Duluoz. Une éducation aventureuse 1939-1946*
5496. Atiq Rahimi	*Maudit soit Dostoïevski*
5497. Jean Rouaud	*Comment gagner sa vie honnêtement. La vie poétique, I*
5498. Michel Schneider	*Bleu passé*
5499. Michel Schneider	*Comme une ombre*
5500. Jorge Semprun	*L'évanouissement*
5501. Virginia Woolf	*La Chambre de Jacob*
5502. Tardi-Pennac	*La débauche*
5503. Kris et Étienne Davodeau	*Un homme est mort*
5504. Pierre Dragon et Frederik Peeters	*R G Intégrale*
5505. Erri De Luca	*Le poids du papillon*
5506. René Belleto	*Hors la loi*
5507. Roberto Calasso	*K.*
5508. Yannik Haenel	*Le sens du calme*
5509. Wang Meng	*Contes et libelles*
5510. Julian Barnes	*Pulsations*
5511. François Bizot	*Le silence du bourreau*
5512. John Cheever	*L'homme de ses rêves*
5513. David Foenkinos	*Les souvenirs*
5514. Philippe Forest	*Toute la nuit*
5515. Éric Fottorino	*Le dos crawlé*
5516. Hubert Haddad	*Opium Poppy*
5517. Maurice Leblanc	*L'Aiguille creuse*
5518. Mathieu Lindon	*Ce qu'aimer veut dire*
5519. Mathieu Lindon	*En enfance*
5520. Akira Mizubayashi	*Une langue venue d'ailleurs*
5521. Jón Kalman Stefánsson	*La tristesse des anges*
5522. Homère	*Iliade*
5523. E.M. Cioran	*Pensées étranglées* précédé du *Mauvais démiurge*
5524. Dôgen	*Corps et esprit. La Voie du zen*
5525. Maître Eckhart	*L'amour est fort comme la mort* et autres textes

5526. Jacques Ellul	*«Je suis sincère avec moi-même»* et autres lieux communs
5527. Liu An	*Du monde des hommes. De l'art de vivre parmi ses semblables.*
5528. Sénèque	*De la providence* suivi de *Lettres à Lucilius (lettres 71 à 74)*
5529. Saâdi	*Le Jardin des Fruits. Histoires édifiantes et spirituelles*
5530. Tchouang-tseu	*Joie suprême* et autres textes
5531. Jacques de Voragine	*La Légende dorée. Vie et mort de saintes illustres*
5532. Grimm	*Hänsel et Gretel* et autres contes
5533. Gabriela Adameşteanu	*Une matinée perdue*
5534. Eleanor Catton	*La répétition*
5535. Laurence Cossé	*Les amandes amères*
5536. Mircea Eliade	*À l'ombre d'une fleur de lys...*
5537. Gérard Guégan	*Fontenoy ne reviendra plus*
5538. Alexis Jenni	*L'art français de la guerre*
5539. Michèle Lesbre	*Un lac immense et blanc*
5540. Manset	*Visage d'un dieu inca*
5541. Catherine Millot	O Solitude
5542. Amos Oz	*La troisième sphère*
5543. Jean Rolin	*Le ravissement de Britney Spears*
5544. Philip Roth	*Le rabaissement*
5545. Honoré de Balzac	*Illusions perdues*
5546. Guillaume Apollinaire	*Alcools*
5547. Tahar Ben Jelloun	*Jean Genet, menteur sublime*
5548. Roberto Bolaño	*Le Troisième Reich*
5549. Michaël Ferrier	*Fukushima. Récit d'un désastre*
5550. Gilles Leroy	*Dormir avec ceux qu'on aime*
5551. Annabel Lyon	*Le juste milieu*
5552. Carole Martinez	*Du domaine des Murmures*
5553. Éric Reinhardt	*Existence*
5554. Éric Reinhardt	*Le système Victoria*
5555. Boualem Sansal	*Rue Darwin*
5556. Anne Serre	*Les débutants*
5557. Romain Gary	*Les têtes de Stéphanie*